보라 새벽의 소리

보라 새벽의 소리

이루카 지음

씨드북

차례

새벽의 만남

종소리가 들렸다. 소리를 듣자마자 정새벽은 풍경 소리라는 걸 알았다. 청아한 소리가 마음에 든다며 기념품 가게에서 엄마가 사 온 풍경이 현관을 오갈 때마다 들려주는 소리였다. 정새벽에게 풍경 소리는 '딸랑' 보다는 가볍고 '짤랑' 보다는 무겁게 들렸다. 특히 지금 같은 새벽이면, 어둡고 진한 '파랑' 처럼 들려왔다.

'새벽? 지금 몇 시지?'

순간 눈이 번쩍 뜨였다. 사방은 어두웠고 풍경 소리는 계속 들렸다. 정새벽은 손을 뻗어 베개 옆에 둔 휴대폰을 집어 들었다. 울리는 알람을 끄고 부신 눈을 찡그리며 화면을 보니 '스마트시현' 앱이 열려 있었다. 마치 시현동이 화면 안에 그대로 들어간 것처럼 구체적으로 구현된 메인 페이지가 눈에 들어왔다.

정새벽이 사는 시현동은 스마트 시티 시범 구역으로 선정되어 1년여 동안 시범 서비스를 진행해 왔다. 공식 스마트 시티가 된다면 시범 기간 동안 운영했던 다양한 서비스가 모두 정식으로 시행된다.

스마트 시티 서비스를 한눈에 보고 사용할 수 있는 스마트시현 앱은 온라인을 통해 다양한 주민 편의 서비스를 알람으로 공지해 줬다. 또한 지역 커뮤니티 게시판으로 각종 정보를 편리하게 주고 받을 수 있어서 시현동 주민들에게 필수품처럼 여겨졌다. 게다가 열람이 공개된 곳이라면 시현동의 어떤 장소라도 실시간 CCTV 화면을 볼 수 있었다.

정새벽이 공원 아이콘을 누르자 곧 화면에 집 근처 미당 공원의 모습이 나타났다. 실시간 뷰를 공원 후문으로 이동하려는데 화면 중앙에 알림창이 떴다. 메시지와 함께 고양이 캐릭터 말풍선이 깜박이고 있었다.

[오늘은 야옹회의 날!]

정새벽이 벌떡 일어났다.

야옹회는 정새벽이 만든 연구 모임이다. '야옹 소리 연구회'를 줄인 말 그대로 야옹회는 고양이의 소리를 연구한다. 요즘 야옹회의 주된 활동은 시현동에 사는 고양이들의 '고양이 집회 지도 만들기'다.

고양이들은 자기들만의 집회를 연다. 그 사실을 처음 알게 되었을 때, 정새벽은 집회에 모인 고양이들이 그들만의 소리인 주파수로 소통을 한다는 사실에 마음을 빼앗겼다.

분명 존재하지만 감각 기관이 다르기 때문에 인간은 들을 수 없고 또한 알 수 없는 소리.

평소 '신호'와 '소통'에 관심이 많았던 정새벽에게 고양이 집회와 그들의 주파수는 엄청나게 흥미로운 주제였다.

'고양이들이 집회를 열어서 정보를 주고받는다니!'

정새벽은 고양이들의 집회에 대해 조금 더 자세히 알고 싶었다. 그러나 혼자 힘만으로는 어디서부터 시작해야 할지 막막하기만 했다.

혼자가 어렵다면 함께하면 된다. 정새벽은 스마트시현

게시판에 글을 올렸다.

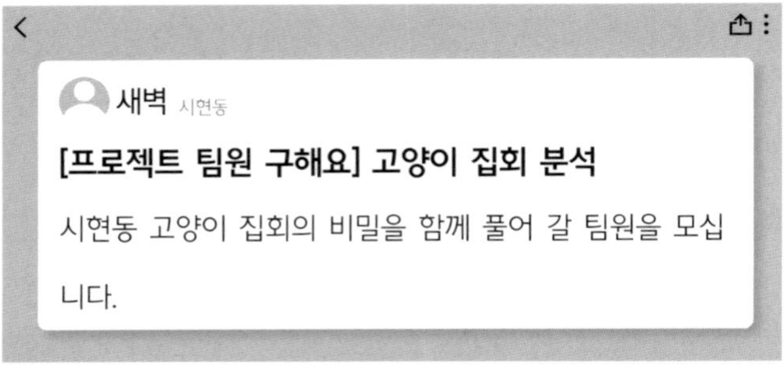

고양이들이 집회에서 나누는 신호를 수집하고 분석하는 일에 관심을 가지는 사람이 있을까 반신반의하며 올린 글이었지만 의외로 여러 사람에게서 쪽지가 도착했다. 마치 면접을 보는 것처럼 정새벽은 쪽지를 보낸 사람들의 SNS를 검색하며 신중을 기했다. 그리고 '포스캣'이라는 닉네임을 쓰는 사람을 야옹회 멤버로 최종 선택했다. 포스캣의 블로그에는 유기 동물 정기 후원을 알리는 글이 여러 개 올라와 있었다. 최근까지 아기 고양이를 임시 보호했다가 입양을 보낸 포스트도 마음에 들었다. 고양이를 사랑하는 포스캣의 직업은 무려 '데이터 분석가'였다.

데이터 분석가는 세상에 흩어진 정보를 모으고 그 의미를 찾아낸다. 신호를 발견하고 소통하는 것과 비슷하다는 생각에 정새벽은 마음이 떨렸다. 게다가 포스캣은 정새벽의 집에서 멀지 않은 곳에 사는 이웃이었다! 집이 가까우면 오프라인 모임도 자주 열 수 있을 것이었다. 그렇게 포스캣은 정새벽에 이어 두 번째 야옹회 멤버가 되었다.

정새벽은 침대에서 일어나 아무 소리도 내지 않고 살금살금 방문 쪽으로 다가갔다. 미리 신어 둔 수면 양말 덕분이다. 조심스럽게 문손잡이를 돌려 천천히 문을 열고 밖을 살펴보니 엄마 방은 문틈 밖으로 새어 나오는 불빛 하나 없이 어두웠다. 정새벽은 주머니에 휴대폰과 케이블을 챙겨 조용히 방 밖으로 빠져나왔다. 목적지는 주방 옆 작은 방이자 엄마의 작업실. 최신 기기가 가득한, 정새벽이 바라는 꿈의 공간이다. 그곳에 가려면 거실을 가로질러 엄마 방 앞을 지나야 한다. 정새벽은 귀를 쫑긋 세웠다. 엄마 방문 너머에서 희미하게 코 고는 소리가 들렸다. 엄마는 이번주 내내 자정 넘어까지 일했다. 그러니 토요일 새벽인 지금은 깊이 잠들 수밖에 없다. 엄마의 수면 주머니가 그간 놓친 잠을 한창 채우는 중이었다.

정새벽은 조심조심 엄마의 작업실 쪽으로 걸음을 옮

졌다. 이제 들어가기만 하면 되는데, 갑자기 발등이 가려웠다.

'양말 속에 뭐가 들어갔나?'

무심코 다른 쪽 발을 들어 가려운 발등을 문지르는데 중심을 잃고 몸이 기울었다. 정새벽은 비명을 삼키며 가까스로 균형을 잡았다. 엉거주춤한 자세로 그 자리에 얼어붙은 정새벽이 침을 꼴깍 삼켰다. 숨죽이며 천천히 엄마 방 쪽으로 고개를 돌렸지만 가전제품의 백색소음만이 귓속을 채웠다. 온몸에 긴장이 파도처럼 덮쳤다가 다시 물러났다.

'휴우.'

놀란 가슴을 쓸어내리며 정새벽은 재빨리 엄마 작업실로 쏙 들어갔다. 조용히 문을 닫은 정새벽의 얼굴에 미소가 번졌다.

'성공이다!'

정새벽은 방 안쪽에 자리 잡은 서브 컴퓨터에 신속하게 미니 패드의 케이블을 연결했다. 제대로 연결된 것을 확인하고 나서 로그 기록 실시간 삭제 앱을 실행했다. 접속을 우회하고 로그 기록을 삭제하면 접속 자체를 숨길 수 있어서 엄마에게 들키지 않고 야옹회를 열기 위한 필수 앱이었다.

물론 엄마의 작업용 메인 컴퓨터는 건드리지도 않을 것이다. 작업용 장비는 오직 엄마 본인만 쓸 수 있다. 그것이 엄마가 세운 원칙이었고 하나뿐인 딸 정새벽에게도 예외는 없었다.

메인 컴퓨터 옆에 이름표가 보였다.

'정미나.'

프리랜서 앱 개발자로 일하는 엄마의 다양한 컴퓨터와 패드에는 모두 이렇게 아기자기하게 꾸민 엄마의 이름이 쓰여 있다. 엠보싱 펜으로 쓴 글씨 주변에 귀여운 스티커가 잔뜩 붙어 있었다. 엄마는 항상 손재주를 발휘해 본인의 물건에 이름을 써 붙여 꾸미곤 했다. 반면에 간단하고 확실한 것을 좋아하는 정새벽은 물건에 이름을 써야 한다면 검정색으로 이름을 적는 게 다였다. 생김새부터 성격, 취향마저 정반대인 엄마와 정새벽은 서로 잘 맞지 않았다. 그러나 엄마는 정새벽의 호기심과 의문을 항상 진지하게 들어 주었다. 그래서 정새벽은 엄마가 그어 둔 선을 넘지 않으려 했고 약속을 지키려 했다. 딱 하나, 야옹회는 예외였다. 야옹회가 열리는 날이면 정새벽은 몰래 엄마 작업실에 숨어들었다.

고양이 집회 지도를 만들려면 오프라인 공간에서 수집한 공간 데이터, 그리고 고양이 몸속에 심어진 칩에서 수집한 주파수 데이터 사이에 접점을 비교하고 분석해야 했다. 하지만 그러기에 정새벽의 컴퓨터는 사양이 한참 부족했다. 엄마 컴퓨터가 필요했다. 정새벽은 메인 컴퓨터를 포기하고 서브 컴퓨터를 사용하기로 타협했다. 그게 혼자만의 타협이라는 점이 문제라면 문제였지만.

엠보싱 펜으로 두껍게 써서 도톰하게 튀어나온 엄마의 이름을 손끝으로 훑으며 정새벽은 포스캣을 떠올렸다. 정새벽이 내놓는 어떤 의견이라도 포스캣은 고개를 끄덕이면서 듣고 함께 고민했다. 그런 면에서 엄마와 포스캣은 비슷했다. 물론 포스캣에게는 정새벽과 비슷한 점도 있다. 최신 기기를 보면 눈이 번쩍 뜨이면서 설레는 마음이 그랬다. 만약 포스캣이 말로만 들었던 엄마의 작업실에 오게 된다면 분명 이 메인 컴퓨터부터 써 보려고 할 것이다. 그 장면을 떠올리자 정새벽의 얼굴에 미소가 지어졌다.

엄마의 메인 컴퓨터는 언제 봐도 빛났다. 최고급 사양의 최신 모델로, 모서리가 얇으면서도 미려한 곡선으로 처리되어 있었다. 은은한 광택이 반짝이는 사이버 스페이스 컬러 옷을 입은 모습이 정말 예뻤다. 정새벽은 눈을 질끈 감고 출시 전부터 눈독 들였던 컴퓨터를 지나쳤다.

서브 컴퓨터에 연결해 둔 패드에 메시지 알람이 울렸다. 포스캣이 보낸 야옹회 접속 링크였다. 링크를 터치하자 야옹회 페이지가 열리면서 화면에 포스캣의 인사가 떴다. 포스캣은 항상 약속을 칼같이 지켰다.

[포스캣] 야옹! 시작할까요?

[새벽] 야옹! 좋아요!

[포스캣] 지금 공유 화면 켰죠? 고양이 집회 지도 업데이트 버전이에요. 새로 추가된 곳은 노란 박스로 표시했어요.

정새벽은 포스캣이 공유한 화면을 이리저리 돌려 봤다. 포스캣이 표시한 곳은 작은 공원을 제외하고 시현동에 위치한 공원 세 군데, 대단지 아파트와 공동 주택 구역 사이의 공터 다섯 군데, 이렇게 총 여덟 군데였다.

[포스캣] 최근 추가한 1-8구역의 수집기에서 들어온 고양이 주파수가 꽤 선명해요.

[새벽] 수집기를 설치하기 잘했어요!

[포스캣] 맞아요. 근데 1-8구역은 특이한 점이 있어요. 다른 구역과 비교할 수 있도록 그래프 공유할게요.

[새벽] 시현동에서 열리는 집회 고양이들이 다들 한 번씩은 왔다 간 것 같은데요?

[포스캣] 그러니까요. 이렇게 되면 그 구역은 시현동 고양이 집회의 총회 장소라고밖에 설명이 안 돼요.

[새벽] 집회가 열리는 패턴을 시현동 전체에 적용해 보면 어때요?

[포스캣] 좋은 생각이에요. 게시판에 올렸던 지도는 각 구역 데이터를 정리하는 대로 업데이트할게요. 시간대별로 특이점을 보이는 구간이 있으니 같이 보죠.

정새벽은 포스캣이 보낸 파일을 열었다. 특정 시간대에 기록된 주파수들이 유독 기존 패턴을 벗어나 있었다. 비슷한 양상을 보이는 다른 그래프를 확인하고 있는데, 둔탁하게 무엇인가 떨어지는 소리가 들렸다. 정새벽은 소리가 난 방향으로 재빨리 고개를 돌렸다. 모든 신경이 방 바깥으로 쏠렸다.

곤히 잠든 엄마가 깼을 리는 없지만 그래도 확인은 해야 했다. 정새벽은 채팅과 패드 프로그램을 대기 모드로 돌린 후에 채팅 알람을 끄고 동기화 중인 휴대폰을 주머니에 넣었다. 남은 장비들은 책상 뒤로 옮긴 다음 책상 위에 있던 서류 몇 장을 덮어 두었다.

문을 빼꼼히 열고 밖을 살폈다. 엄마 방문 틈은 여전히 어두웠다. 안도의 한숨을 쉬며 조용히 문을 닫으려던 그때였다. 작지만 또렷한 소리가 정새벽의 귀를 파고들었다.

"냐옹."

고양이 울음소리였다. 분명 집 안에서 들리고 있었다. 정새벽은 수면 양말을 챙겨 신은 걸 다시 한번 뿌듯해하며 살금살금 방 바깥으로 나왔다. 엄마가 깨지 않도록 조심하면서 집 이곳저곳을 돌아다녀 봤지만 어디에서도 고양이의 모습은 찾아 볼 수 없었다. 울음소리는 어쩐지 아까보다 더 날카로워진 것 같았다. 정새벽은 애가 타기 시작했다. 그때 주머니에서 진동이 울렸다.

정새벽은 주머니에서 휴대폰을 꺼냈다. 포스캣에게 메시지가 와 있었다.

[포스캣] 대기 모드?

[새벽] 어디서 고양이 소리가 들렸어요.

[포스캣] 오디오 켜 봐요. 나도 들을 수 있게.

정새벽이 대화방에서 오디오 아이콘을 누르는 동안 포스캣의 말이 채팅창에 이어졌다.

[포스캣] 아! 그리고 혹시 고양이한테 칩이 있을 수도 있으니까 전에 폰에 설치한 신호 수집 앱도 켜요.

정새벽은 시현동 구석구석에 살고 있는 길고양이들의 신호를 나노칩으로 수집할 수 있다는 사실을 그제야 생각해 냈다. 포스캣은 이렇게 항상 정새벽이 놓치는 부분을 짚어 주고 챙겨 주었다.

길에서 사는 대부분의 동물들 몸속에는 나노칩이 들어 있었다. 지역 관리처가 동물 급식소를 운영하며 체내에서 활성화되는 나노칩을 먹이와 섞어 두었기 때문이다. 이 칩은 원래 인체 치료용으로 개발한 나노봇에서 시작했다. 인체 적용을 위해 동물 실험을 진행하던 중에 칩을 통해 특정한 신호의 수집과 외부 송출이 가능하다는 것이 밝혀졌고, 지역 관리처가 이 기술을 발 빠르게 가져온 것이다. 나노칩을 삼킨 동물의 몸속에서 칩이 활성화되면 지역 곳곳에 설치된 신호 수집기가 동물들의 동선을 포착한다. 신호 수집 앱을 연동하면 고양이가 내보내는 신호가 있는지, 위치가 어디인지를 실시간으로 알 수 있다.

정새벽은 얼른 신호 수집 앱을 열었다.

[포스캣] 신호 수집 앱에 뭐 안 떠요?

[새벽] 지도 연동하니까 외부 고양이만 잡히고 집 안에서 잡히는 신호는 없어요. 소리는 집 안에서 들리고요.

[포스캣] 우는 소리를 들어 보니 다 큰 고양이 같지는 않아요. 그리고 뭔가 위험에 빠진 것 같은데요?

[새벽] 아…… 대체 어디서 나는 거지? 설마 많이 다 치고 그런 걸까요?

[포스캣] 혹시 외부에서 집 안으로 연결되는, 작은 고양이가 들어올 만한 통로 같은 거 있어요?

쪼그리고 앉아 휴대폰을 톡톡 두드리며 포스캣과 대화를 이어 가던 정새벽이 벌떡 일어섰다. 외부와 연결된 곳이 있긴 했다.

엄마 작업실 건너편 방구석에 있는 창고.

집주인이 방이 아닌 공간을 방으로 수리하려다가 공사를 마무리 짓지 못해 방치해 둔 곳이었다. 그때부터 아무도 그 창고 공간을 쓰지 않았다. 엄마와 함께 창고 문에 은박 단열재를 붙이고 벽에 두꺼운 커튼을 설치했던 것이 기억났다. 그 후로 완전히 그 창고를 잊고 있었다.

창고 방에 도착한 정새벽이 서둘러 커튼을 열어젖혔다. 고양이 울음소리가 더 또렷하게 들렸다.

"냐옹! 냐옹!"

정새벽은 급하게 은박 단열재를 뜯어냈다. 방풍 벽지에 가려져 있던 전등 스위치를 켜자 창고 안에 불이 들어왔다.

"냐옹! 냐아아옹! 냐옹!"

울음소리는 이제 바로 앞에서 들렸다. 고양이는 창고 안에 있었다.

"찾았다!"

드디어 고양이를 찾았다는 기쁨에 정새벽은 큰 소리로 외쳤다. 휴대폰 화면의 불빛이 계속해서 깜박이며 메시지 알림을 띄웠지만 고양이에게 집중한 정새벽은 이를 확인할 정신이 없었다.

그림자가 드리워진 쪽을 살펴보니 구석에 웅크리고 있는 고양이가 눈에 들어왔다. 환풍 용도로 뚫린 위쪽 구멍에서 창고 아래로 떨어진 모양이었다.

정새벽은 조심스럽게 고양이를 확인했다. 정수리에서 얼굴로 이어지는 곳에 위치한 무늬가 특이했고, 커다란 두 눈이 얼굴의 거의 절반을 차지했다. 정새벽은 그렇게 겁먹은 눈동자를 본 적이 없었다. 땅에 붙어 버릴 것처럼 잔뜩 낮춘 작은 몸은 바들바들 떨리고 있었다.

"어떡해!"

정새벽이 울먹였다. 고양이를 어서 구해 내야 했지만 어쩐지 몸이 말을 듣지 않았다. 그 마음을 아는지 모르는지 고양이는 냐옹, 냐옹 하면서 같이 울기만 했다.

"어떡해, 어떡해!"

"뭘 어떡해? 거실에 큰 담요 있지? 물방울무늬. 그거 가져와, 빨리."

정새벽이 놀라서 돌아보니 어느새 나타난 엄마도 함께 고양이를 바라보고 있었다. 갑작스러운 엄마의 등장에 놀랄 새도 없었다. 정새벽은 재빠르게 방을 나가 담요를 챙겼다. 엄마는 고양이가 놀라지 않도록 담요를 창고 구석에 펼쳤다. 고양이 몸의 절반이 담요에 닿았다.

"하악! 학!"

입을 크게 벌리며 고양이가 하악질을 했다. 겁을 많이 먹은 것 같았다. 엄마는 정새벽에게 뒤로 물러나라는 눈짓을 보냈다. 잠시 시간이 지나자 고양이는 조금 안정이 되었는지 바짝 엎드린 채 천천히 담요 안으로 들어갔다. 엄마는 고양이가 담요 안에 잘 들어간 것을 확인하고는 일회용 밥그릇을 가져와 물과 사료를 담고 고양이 근처에 놓아 두었다.

정새벽의 집에는 고양이가 없지만 고양이 사료는 항상 준비되어 있었다. 엄마가 창고 불을 끄고 방문을 닫으면서 중얼거렸다.

“사료가 용케 남아있었네, 다행이다.”

“그러게 말이야! 근데 고양이는 괜찮을까?”

“보니까 다치진 않은 거 같더라. 물이랑 사료랑 있으니까 먹겠지 뭐. 오늘은 너무 늦었으니까 내일 아침에 엄마가 길고양이 관리 센터에 연락할게. 방문 닫아 뒀으니까 열지 말고.”

“조그맣고 털이 깨끗한 걸 보니까 길고양이 같지는 않던데?”

“아직 어려서 그럴 거야. 털이 깨끗한 건 그만큼 어리다는 소리겠지.”

고개를 끄덕이는 정새벽을 빤히 쳐다보던 엄마가 물었다.

“너 근데 안 자고 뭐 했어?”

“아, 나 자고 있었어! 소리 나서 나와 본 거야.”

“근데 작업실 문이 왜 열려 있지?”

정새벽은 그제야 작업실 문을 닫지 않고 나왔다는 것을 깨달았다. 순간 미간이 좁아지는 정새벽을 향해 엄마가 말했다.

"너, 또 엄마 컴퓨터 보러 들어갔지? 그 사이버 스페이스 모델. 이번 프로젝트 마무리하는 대로 반납해야 하니까 건드리지 말라고 몇 번을 말해?"

"아니, 너무 예쁘잖아. 그냥 좀 보기만 했어! 나 잘게!"

정새벽은 엄마가 따라 들어올까 봐 재빨리 방으로 들어와 문을 닫았다.

고양이 기록자

토요일 오전, 시현동 미당 공원 주변 거리는 한산했다.

반면 시현동 고양이 지킴이, 그중에서도 미당 공원 담당자인 유보라의 주말 아침은 언제나 분주했다. 유보라는 휴대용 미니 카트를 잠시 세웠다. 오늘은 평소보다 일이 빨리 끝난 편이었다. 고양이 밥과 물, 영양제와 간식으로 무거웠던 카트가 가벼워졌다.

유보라는 한숨 돌리면서 휴대폰을 꺼내 방금 전까지 들여다봤던 스마트시현 앱을 다시 열었다. 동네 소식 게시판 메뉴 중 고양이 아이콘을 누르자 '시현 냥이들' 이름의 게시판이 열렸다. 시현동 고양이 소식이 올라오는 곳이었다. 유보라는 자신이 올린 게시글을 확인했다.

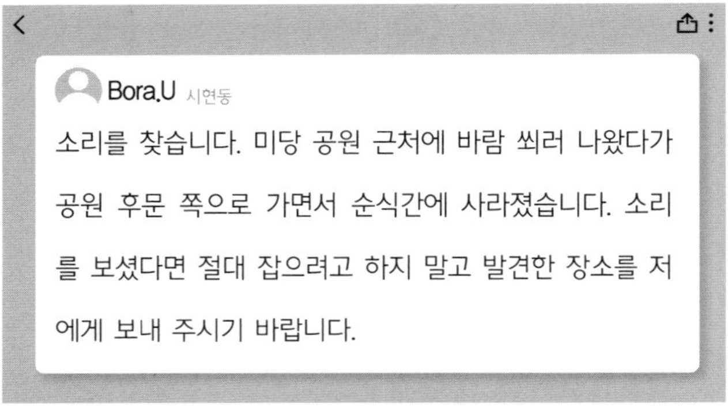

"대체 어디 있는 거야……."

힘없이 중얼거리며 유보라는 재빨리 댓글을 훑었다. 꼭 찾을 거라는 위로의 말이 몇 개 늘어났을 뿐이었다. 소리를 봤다는 댓글도, 새로 온 메시지도 없었다.

'혹시 도로를 건너다가 차에 치인 건 아닐까? 아니, 어디 맨홀에 빠져서 갇혀 있는 건 아니겠지?'

여기까지 생각이 미친 유보라는 다급히 아랫입술을 깨물었다. 코 안쪽에서 시작해 눈과 입까지 번져 가는 더운 압력이 금방이라도 눈물로 터져 버릴 것 같았다. 잠시 숨을 고른 유보라는 도리질을 쳤다. 이럴 때일수록 나쁜 생각은 하지 말아야 했다.

'소리는 무사해. 나는 반드시 소리를 찾는다.'

주문을 외듯 열심히 되뇌면서도 유보라는 멍한 눈으로 미당 공원 입구를 바라보았다. 소리가 집을 나간 지 벌써 3일째였다.

집에 돌아온 유보라는 카트를 정리하는 것도 잊은 채 식탁에 털썩 앉았다. 물컵을 들어 한 모금 마시는데 발밑에 차이는 것이 있었다. 끝에 앙증맞은 깃털이 달린 소리 장난감이었다. 유보라는 무너지는 마음을 누르면서 남은 물을 벌컥벌컥 들이마시고 벌떡 일어섰다. 그리고 휴대폰을 꺼내 최근 통화 목록에서 '고고탐정'을 찾았다. 고양이 탐정으로 활동하며 유보라와 같이 시현동 고양이 지킴이기도 한 고예나의 활동명이었다. 전화를 걸려는데, 마침 고예나로부터 전화가 걸려 왔다. 유보라는 망설임 없이 수신 버튼을 눌렀다.

"소리를 공원에서 봤다는 댓글 있었잖아. 공원은 어땠어?"

고예나의 첫마디였다. 유보라는 힘없이 대답했다.

"없었어. 언니가 가자고 했던 아파트 건너편에 가 봐야겠지?"

"지하실까지 다 돌아보긴 했지만, 우리가 가고 나서

왔을 수도 있으니까. 그래, 다시 찾아 보자."

잃어버린 동물은 찾을 수 있는 골든타임이 있다. 고양이는 수일 내에 찾는 것이 운이 좋은 경우에 속했다. 어쩌면 반려인에게도 고양이에게도 끝을 알 수 없이 서로를 기다리는 시간이 될 수도 있다. 길에서 생활하는 것은 생명과 직결될 만큼 동물에게 위험한 환경이다. 그런 길에서 구조해 지금까지 함께해 온 소리였다. 유보라는 당장 소리를 찾으러 나가고 싶은 마음이 솟구쳤다.

"오늘 시간 괜찮아?"

"응. 그런데 까미, 홍이, 둘리 있잖아. 계속 안 보여."

"셋이나?"

"그래. 뭔가 좀 수상하지 않아? 요즈음 고양이들이 사라지고 있잖아."

"설마, 누가 고양이들을 납치하고 있는 건 아니겠지? 저번처럼 고양이를 학대하는 사람들이 있는 걸까?"

"돌아다니면서 그것도 좀 알아봐야겠어."

유보라는 생각에 잠겼다. 최근 시현동에서 고양이들이 사라졌다가 다시 나타나는 일이 잦아졌다. 가끔 다른 지역에 갔다가 돌아오는 경우가 있어서 처음에는 대수

롭지 않게 생각했지만 점점 빈도수가 잦아지고 주기도 짧아지고 있었다.

'예전처럼 중성화 수술 업체가 불법 포획이라도 하는 걸까? 그렇다면 설마…… 소리도?'

상상만으로도 유보라의 얼굴이 일그러졌다.

"그나저나 '고양이 기록자'에 소리 소식을 올리면 어때? 사람들이 많이 보면 연락이 더 올 수도 있잖아."

고예나는 조심스럽게 유보라가 운영하는 영상 채널 이야기를 꺼냈다.

유보라가 운영하는 영상 채널 '고양이 기록자'는 시현동 고양이 지킴이들 사이에서 유명했고 구독자도 많았다.

"채널에 올리는 건 좀 조심스러워. 알잖아, 언니."

유보라의 말에 잠시 침묵이 이어졌다. 고예나가 말을 이었다.

"그래, 보라야. 같이 찾다 보면 꼭 만날 거야. 소리, 분명 무사해. 이래 봬도 언니가 고양이 탐정 5년 차잖아."

"같이 찾아 줘서 고마워. 언니가 있어서 정말 다행이야."

"일단 만나서 밥부터 먹고 찾자. 집 앞으로 갈게, 이따 봐!"

전화를 끊은 유보라는 미니 패드를 켜고 시현동 고양이 지킴이 그룹에 접속했다. 미당 공원 구역을 선택한 후에 '급식소 활동' 항목을 체크하고 시현동 지도를 열었다. 지도에는 고양이 급식소가 촘촘히 표시되어 있었다.

유보라가 시현동 고양이 지킴이 그룹에 들어오기 전까지만 해도 지킴이들은 각자의 구역에서만 고양이들을 돌봤다. 그러나 지금은 유보라가 만든 지도를 통해 각자의 구역을 확인하고 시현동을 함께 관리한다. 고양이 지킴이들은 이렇게 유보라를 중심으로 온라인 네트워크를 만들어 사료와 물을 챙기고, 고양이들이 추위와 더위를 피하는 임시 쉼터를 설치하는 등 전보다 체계적으로 고양이 지킴이 활동을 하게 되었다.

유보라가 만든 고양이 급식소 지도는 서로 신뢰가 쌓인 고양이 지킴이에게만 공유되었다. 지킴이들은 언제나 지도의 보안에 많은 신경을 기울였다. 안전이 가장 중요하기 때문이었다. 길에 사는 고양이의 삶에는 생명의 위협이 되는 여러 요소가 있다. 그리고 그 대부분은 사람이거나, 사람이 만든 환경이다. 지킴이는 그런 사람들로부터 고양이들을 지키는 역할을 맡은 이들이었다.

시현동 고양이 지킴이 그룹을 둘러본 후, 유보라는 고양이 기록자 영상 채널에 접속했다.

채널 운영자인 유보라는 고양이 기록자로서 시현동 고양이들의 일상을 기록한 영상을 올린다. 고양이 입장에서 필요한 것, 사람이 고양이를 대할 때 조심해야 하는 것, 사람으로서 고양이에게 해 줘야 하는 것에 관한 영상이 채널에 가득했다.

유보라는 영상 편집 앱을 열어 '소리를 찾습니다' 라고 입력했다가 다시 지웠다. 아무래도 소리 소식을 채널에 올릴 수는 없다. 한숨을 쉬며 패드를 끄고 유보라는 생각에 잠겼다. 기억 속에 묻어 두었던 작은 고양이 양말이가 머릿속에 떠올랐다.

'고양이 기록자' 채널을 운영하던 초반에, 유보라는 길에 사는 고양이들의 귀엽거나 웃긴 모습들을 주로 올렸다. 구독자가 많아지면서 귀여운 고양이가 보이면 놓치지 않고 촬영해 영상을 업로드했다. 영상을 올린 후 구독자와 '좋아요' 수가 빠른 속도로 불어났다. 유보라는 하루 종일 휴대폰만 붙잡고 있을 정도로 고양이 생각에 빠져 지냈다. 채널에 공개한 영상 중 어린 고양이가 나오는 영상은 특히 반응이 좋았다. 마지막으로 올렸던 어린 고양이는 새까만 몸에 앞발만 하얘서 꼭 흰 양말을 신은 것 같았다. 유보라는 그 고양이에게 '양말이'라는 이름을 지어 줬다. 그런데 어느 날부터 양말이의 모습을 찾아 볼 수 없었다. 그렇게 한동안 보이지 않던 양말이는 얼마 뒤 싸늘한 주검으로 발견되었다. 유보라가 영상을 올리고 한 달이 채 되지 않았을 때였다.

한동안 유보라는 아무것도 할 수 없었다. 머릿속에는 온통 양말이 생각뿐이었다. 양말이는 왜 죽은 걸까? 유보라는 영상에 가득 달렸던 댓글들을 떠올렸고 답변 하나가 또렷하게 기억났다.

— 넘넘 예쁘다. 어디 가면 볼 수 있어요?

ㄴ 미당 공원 중문 앞? 거기 주차장에 다른 고양이도 볼 수 있어요.

양말이가 지내던 곳을 댓글로 알린 것은 유보라였다. 어쩌면 댓글을 보고 누군가가 양말이를 찾아가 해코지했을지도 모른다. 유보라는 양말이의 죽음이 자신 때문이라는 생각에서 벗어날 수 없었다. 아닐 거라고 스스로에게 우겨 봐도 결국 제자리였다. 그렇게 유보라는 자신이 고양이보다 영상 채널을 키우는 데 더 신경 쓰고 있었다는 사실을 인정할 수밖에 없었다. 그 후로 고양이의 귀여운 모습만을 담은 영상이나 이미지를 찍어 올리는 일을 그만두었다. 대신, 고양이들을 지키기로 마음 먹었다. 그건 어쩌면 양말이가 남겨 준 숙제인지도 몰랐다.

유보라는 눈을 한번 질끈 감았다 뜨고는 나갈 채비를 했다. 소리가 갈 만한 곳은 모조리 가서 구석구석 살펴야 했다. 최대한 빨리 소리를 찾아야 한다.

유보라는 신발장 옆에 놓인 가방을 집어 들었다. 우주선 그림에 투명한 반구가 위에 덮인 디자인의 가방은 소리가 밖에 나갈 때 사용하는 이동 가방이었다. 소리가 가방에 쏙 들어오는 장면을 상상하며 유보라는 서둘러 집을 나섰다.

언니가 갈게

정새벽은 창고에 있는 고양이 사진을 찍으려고 했지만 계속 실패하고 있었다. 고양이의 반려인을 찾아 주려면 유기 동물 게시판에 글을 올려야 했다. 일을 마치고 오는 대로 신고할 테니 창고 방엔 얼씬도 말라며 엄마는 정새벽에게 단단히 주의를 주고 집을 나선 참이었다. 안 그래도 예민한 고양이를 더 불안하게 할 수도 있기 때문이었다. 그러나 지금 정새벽은 엄마의 말을 까맣게 잊은 채 고양이가 있는 방 앞에 서 있다.

"바쁘다고 그냥 나가 버리다니! 결국 내가 찍을 수밖에 없잖아!"

듣는 사람도 없는데 괜히 큰 소리로 투덜대며 정새벽은 방문을 열었다. 문을 열자마자 고양이가 튀어나오지는 않을까 긴장하며 천천히 방 안으로 고개를 들이밀던 정새벽의 눈이 동그래졌다. 고양이가 보이지 않았다.

"어디 갔지?"

"냐옹."

귀여운 소리가 들렸다. 정새벽은 조심스레 방에 들어가 소리가 나는 쪽을 구석구석 살폈다. 고양이는 창고 구석에 앉아 있었다. 고양이와 마주친 정새벽의 얼굴에 저절로 미소가 번졌다. 동그랗게 커진 눈으로 정새벽을 쳐다보는 작은 털북숭이. 엄마는 털이 하얗고 몸집이 작은 걸로 보아 어린 고양이라고 그랬다. 고양이가 가만히 앉아 있으니 얼굴을 자세히 들여다볼 수 있었다. 고양이의 조그마한 연분홍색 코는 하얀 털과 대비되어 더욱 선명해 보였다. 보자마자 딸기우유가 떠올랐다. 고양이의 얼굴에 연분홍색 딸기우유가 한 방울 찍혀 있는 것 같았다.

"어쩜 코도 저렇게 귀엽게 생겼어?"

정새벽은 중얼거리며 좀 더 가까이서 보기 위해 천천히 고양이에게 다가갔다. 정새벽이 움직이자 고양이는 재빨리 담요 안으로 들어가 버렸다. 그제야 정새벽은 방금 사진 찍기 좋은 타이밍을 놓쳤다는 것을 깨달았다.

“아! 보자마자 찍을걸!”

정새벽은 허벅지를 치면서 발을 동동 굴렀다. 고양이가 다시 나오길 기다리는 수밖에 없었다.

“고양아! 잠깐만 나와 봐.”

고양이가 알아들을 리 없다는 걸 알면서도 정새벽은 담요의 볼록 솟은 부분을 향해 말했다. 그때 문득 창고문 근처에 놓아둔 일회용 밥그릇과 물그릇이 눈에 들어왔다. 오전에 봤을 때는 입도 대지 않은 상태였는데, 지금은 사료도 몇 알 남기지 않고 다 먹었고, 물도 바닥이 거의 드러날 만큼 줄어 있었다. 정새벽은 고양이가 먹는 걸 직접 보기라도 한 것처럼 웃으며 짝짝 박수를 쳤다.

“언제 먹었어? 귀여워. 배고팠구나? 알았어. 가서 밥 더 가져올게!”

정새벽은 재빨리 방을 나가 냉장고 옆에 둔 사료를 챙겼다. 물그릇에 담을 물도 챙겼다. 방에 돌아와 밥그릇과 물그릇을 채우고 있는데 담요 안에서 고개가 빼꼼히 올라왔다. 정새벽이 고개를 들자 고양이와 눈이 마주쳤다.

"앗!"

정새벽은 최대한 움직이지 않고 휴대폰을 꺼내 카메라 앱을 실행했다. 다행히 이번에는 놓치지 않고 고양이의 얼굴을 찍을 수 있었다.

"고양이는 어떻게 찍어도 예쁘게 나온다더니, 정말 이네!"

정새벽은 꾸미기 앱을 열어 사진에 하트와 딸기 스티커를 붙였다. 그리고 가장 먼저 포스캣에게 전송했다.

[새벽] 새벽에 왕림해 주신 냥이 님을 소개합니다.

[포스캣] 드디어 사진 찍은 건가요? 무늬가 특이해요.

[새벽] 포스캣 님이 알려 줬던 시현 냥이들? 거기 게시판에 올리면 되겠죠?

[포스캣] 네. 시현동에서 발견되거나 신고된 고양이들 소식이 올라오는 곳이에요. 저는 사진 비교하면서 최근에 새로 올라온 글부터 확인할게요.

정새벽은 스마트시현 앱을 열고 포스캣이 알려 준 '시현 냥이들' 게시판에 고양이 사진과 함께 발견된 날짜와 시간을 입력해 글을 올렸다.

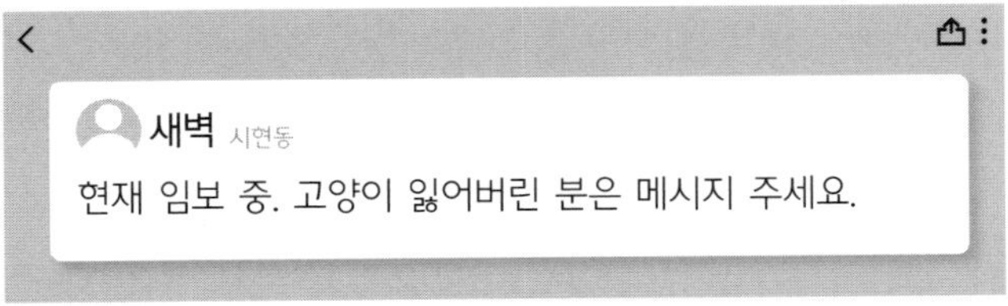

글을 올리자마자 거의 동시에 메시지 알람이 왔다.

[고양이 기록자] 우리 소리 맞아요.

[고양이 기록자] 아 '소리'는 그 고양이 이름이에요.

[고양이 기록자] 소리 예전 사진이랑 영상 보냅니다.

[고양이 기록자] 소리는 지금 괜찮나요? 영상 통화로 보여 주실 수 있나요?

[고양이 기록자] 카메라는 소리 모습만 비춰 주셔도 돼요.

'고양이 기록자'는 빠른 속도로 메시지를 연달아 보냈다. 정새벽은 우선 고양이 기록자가 보낸 사진을 확인했다. 얼굴의 특이한 무늬로 사진 속 고양이와 창고 안의 고양이가 같은 고양이라는 걸 바로 알 수 있었다.

'원래 이름이 소리였구나.'

속으로 '소리' 이름을 곱씹으며 사진과 영상을 살펴보니 고양이 기록자는 소리의 반려인이 맞았다. 정새벽이 고양이 기록자에게 서둘러 답을 보내려는데 포스캣에게서 메시지가 왔다.

[포스캣] 얘 새벽 님네 집에 있는 고양이 맞죠? 3일 전에 고양이 찾는다는 글이 올라왔더라고요. 요즘 영상 채널에 잘 안 들어가서 몰랐는데, '고양이 기록자'라는 영상 채널 가서 봐요.

포스캣이 보내 온 링크는 고양이 기록자가 보낸 영상과 같은 것이었다. 포스캣의 메시지가 이어졌다.

[포스캣] 고양이 원래 이름은 소리인가 봐요. 근데 소리 반려인, '고양이 기록자'는 시현동 고양이 지킴이들 사이에서 좀 유명해요. 영상 채널에 구독자 수도 꽤 되고요.

그때 고양이 기록자에게 다시 메시지가 왔다.

[고양이 기록자] 왜 읽기만 하고 답이 없죠? 여기 글 올리셨으면 시현동 사시는 거 같은데, 제가 갈게요. 지금 바로 출발할 수 있어요. 소리는 어릴 때부터 저랑 같이 살았어요. 제 영상 채널 가서 확인하시고, 제가 어디로 가면 될지 알려 주세요.

정새벽은 메시지를 보내는 대신 조용히 창고 방문을 열고 영상 통화를 걸었다. 상대방 화면에서 오디오 아이콘이 켜지면서 목소리가 흘러나왔다.

"소리야! 소리, 언니야. 소리!"

그때 담요 안에서 고양이가 불쑥 튀어나왔다.

"냐옹!"

"어! 그래, 소리야. 조금만 기다려. 언니가 갈게!"

목소리만으로 다 알 수는 없지만 고양이 기록자는 정새벽 또래인 것 같았다.

"오실 곳은 메시지로 따로 보낼게요. 소리는 오늘 밥도 먹고 물도 먹었어요."

“정말 감사합니다. 주소 보내 주시는 대로 바로 출발할게요.”

통화를 끝낸 정새벽은 고양이 기록자에게 집 주소를 전송하고 곧바로 포스캣에게 메시지를 보냈다.

[새벽] 고양이 기록자 님이 소리 데리러 오기로 했어요. 근데 엄마 출근하셔서 집에 나뿐인데 혹시 시간 되시면 우리 집에 와 줄 수 있어요?

[포스캣] 아, 그럼요! 집도 가깝고 오늘 주말인데. ㅎㅎ 지금 바로 갈게요.

[새벽] 다행이에요! 휴우. 집에 혼자 있는데 모르는 사람이 오는 것도 그렇지만 고양이랑 헤어진다고 생각하니까 마음이 좀 그래요. ㅠㅠ

[포스캣] 그럴 수 있죠. 우리 프로젝트 하면서 새벽 님은 고양이한테 더 관심이 가고 좋아졌다고 그랬잖아요.

[새벽] 맞아요. 그리고 이런 말 우습지만, 고양이 이름도 지었단 말이에요.

[포스캣] ㅎㅎㅎ 뭐라고 지었는데요?

[새벽] 코가 딸기우유 색이잖아요. 그래서 딸기요.

[포스캣] 그래서 아까 사진 보낼 때 딸기 스티커 붙였구나. ㅎㅎㅎ 에고…… 내가 갈 때 딸기우유 사 갈게요. 좀만 기다려요, 금방 가니까. 곧 만나요!

메시지 창을 닫고 정새벽은 담요 옆에서 웅크리고 있는 소리를 쳐다보았다. 딸기우유처럼 분홍빛이 나는 작은 코가 사랑스러웠다.

"딸기야, 많이 무서웠지. 너희 언니가 데리러 오는 중이니까 조금만 기다려."

정새벽은 자신이 지어 준 이름으로 고양이를 불러 보았다. 지금까지 길에서 고양이를 보면 그냥 지나치거나 기껏해야 "고양이야" 하고 불렀던 정새벽이 고양이에게 이름을 지어 준 건 난생처음 있는 일이었다. 간밤에 갑작스럽게 만나게 된 고양이의 분홍색 코가 딸기우유와 연결되어 정새벽의 마음에 '딸기'라는 이름으로 찾아왔다. '딸기'는 낯설지만 설레는 신호였다. 사실 정새벽은 마음 한구석에 앞으로 딸기와 함께 사는 모습을 슬쩍 그려 보기도 했다. 고양이 집사가 되려면 캣타워와 깃털 장난감은 필수라는 말에 온라인 쇼핑몰에서 반려묘 용품 링크들을 모아 놓았던 것이다. 그렇게 잠깐 동안이었지만, 소리는 정새벽에게 딸기였다.

“딸기야, 잘 가. 우리 또 만날 수 있으면 좋겠다.”

정새벽은 자신도 모르게 중얼거렸다. 그런 정새벽의 마음도 모르고 소리는 담요 밑으로 다시 쏙 들어가 버렸다. 눈앞에 분홍색 코와 반짝이는 눈동자, 여리고 동글동글한 발이 아른거렸다. 그러나 이제는 헤어질 시간이었다.

“이 집인가? 62번지 근처. 여기 맞네.”

유보라는 건물 입구에 부착된 번지수를 확인하고 전화를 걸었다.

“여보세요? 소리 보호자 유보라입니다. 지금 앞에 도착했거든요.”

정새벽이 현관문을 열었다.

“안녕하세요?”

유보라는 정새벽과 그 뒤에 선 포스캣을 보고 인사를 건넸다. 고예나가 포스캣을 향해 미소를 띠며 말했다.

"어머님, 새벽에 소리 때문에 많이 놀라셨죠? 그래도 안전하게 보호해 주셔서 감사해요."

"저는 어머님이 아니고 포스캣이에요."

덤덤한 표정의 포스캣과 달리 당황한 고예나가 물었다.

"포스…… 네?"

"아, 이분은 포스캣 님이세요. 저랑 같이 프로젝트 하는……."

포스캣은 말을 흐리는 정새벽을 흘깃 쳐다봤다. 정새벽은 잠시 머뭇거리다 곧 웃으며 말했다.

"친구예요. 포스캣 님 덕분에 시현 냥이들 게시판에 빨리 글을 올릴 수 있었어요."

유보라는 고개를 끄덕이며 고예나를 소개했다.

"여기는 시현동 고양이 지킴이와 고양이 탐정으로 활동하는 고예나 님이에요."

웃으며 가볍게 목례하는 고예나를 보고 정새벽이 눈을 빛냈다.

"고양이 탐정! 게시판에서 본 적 있어요. 나노칩 신호를 추적하시나요?"

"아, 저는 주로 예전 방식으로 일하고 있어요. 옛날에 지어진 건물들은 사이사이로 좁은 틈이 연결되어 있어요. 그래서 구석으로 파고드는 고양이 특성상, 나노칩 신호가 잘 잡히지 않거든요. 시현동 주택 단지가 특히 그렇고요. 요즘엔 공원을 중심으로 실종되는 고양이들을 찾아 달라는 의뢰가 자주 들어와서 이쪽 주택 단지를 더 유심히 보고 있어요."

고양이 실종이라는 말을 듣고 어떻게 된 일인지 더 물어보려던 정새벽은 대화에 집중을 못 하고 주위를 두리번거리는 유보라를 보고 입을 다물었다. 대신 소리가 있는 방을 가리키며 말했다.

"저 방이에요. 소리가 있는 방."

유보라는 떨리는 마음으로 방문 앞에 섰다. 문이 열리고 영상 통화 때 봤던 배경이 유보라의 눈에 들어왔다.

"소리야! 언니 왔어!"

방에 들어서자마자 유보라가 외쳤다. 목소리의 끝이 조금 떨리면서 뭉개졌다. 정새벽과 포스캣의 눈이 마주쳤다. 정새벽은 괜시리 코끝이 찡해졌다.

물방울무늬 담요가 조금 들썩이더니 분홍색 코가 담요 밖으로 빼꼼히 나왔다.

"냐옹!"

"소리야. 언니 왔어. 집에 가자, 소리야."

"냐옹! 냐옹!"

마치 서로 대화를 하는 것처럼 유보라와 소리는 각자의 언어를 주고받았다. 소리가 창고 문턱을 폴짝 뛰어넘어 방 안으로 들어왔다. 그리고 사뿐사뿐 조용히, 아무 소리도 없이 순식간에 유보라 앞에 앉았다. 정새벽의 눈에 소리는 유보라를 만나서 안심되고 기쁜 것 같았다. 계속 우는 게 왜 이제 왔냐고 투덜거리는 것처럼 보이기도 했다.

유보라는 소리를 달래면서 고양이 이동 가방을 열었다. 가방 안에 들어가 바깥을 보는 소리는 우주선에 탄 우주비행사 같았다. 소리의 동그란 황금색 눈동자가 반짝였다. 소리가 들어간 가방을 앞으로 멘 유보라가 한 팔로 가방을 감싸며 정새벽에게 물었다.

"근데, 소리는 밖에서 데려오신 건가요?"

"아니에요. 소리가 집에 들어왔어요."

"집 안으로 어떻게?"

"아, 말하자면 좀 긴데……."

정새벽은 그간의 일을 설명했다.

"아주 운이 좋았네요. 정말 잘되었어요."

고예나가 소리와 유보라를 번갈아 보며 말했다. 정새벽은 고개를 끄덕이며 궁금했던 이야기를 꺼냈다.

"근데 아까 말했던 고양이 실종은 무슨 소리예요?"

"아, 최근에 공원을 중심으로 동네 고양이들이 없어지고 있어요."

"원래 고양이들은 왔다 갔다 하지 않나요?"

포스캣이 묻자 유보라가 고개를 끄덕이면서 말을 이었다.

"맞아요. 하지만 떠난 동네에 다시 돌아오는 경우는 많지 않아요. 그래서 이번 일이 이상하다는 거예요."

"사라졌던 고양이 대부분이 길게는 3주, 짧게는 3일에서 5일 간격으로 비슷한 기간에 돌아왔거든요."

고예나의 말에 포스캣의 머릿속에 잠시 스치는 생각이 있었다. 이를 놓치지 않고 포스캣이 고예나에게 물었다.

"돌아온 고양이들의 특징 같은 게 혹시 있나요?"

"아직 알아내지는 못했어요. 저랑 보라는 고양이 지킴이 활동을 하고 있는데, 담당하는 구역을 중심으로 최근 주의 깊게 살피는 곳이 따로 있긴 해요. 유인아파트 단지와 그 부근 공터예요."

'유인아파트라면 이 근처인데?'

속으로 생각하던 정새벽이 고예나에게 물었다.

"혹시 미당 공원……?"

"네, 거기요. 일주일 전부터 미당 공원 토박이 고양이 셋이 보이지 않아요. 전에도 길에 사는 고양이들을 관리한답시고, 아휴!"

유보라가 갑자기 말을 멈췄다. 화가 많이 난 것 같았다. 고예나가 그런 유보라의 어깨를 다독였다. 정새벽은 무슨 일이냐고 묻는 대신 가만히 유보라의 다음 말을 기다렸다. 숨을 고르고 유보라가 말을 이었다.

"예전에 시현동이 길고양이 스마트 관리 모범 사례에 선정된 적이 있어요. 그걸로 엄청나게 홍보했었거든요. 고양이들이 쾌적하고 안전한 곳에 살 수 있도록 한다면서요. 그런데 실상은 어땠는지 알아요?"

"어땠는데요?"

정새벽이 다급히 되물었다.

“주택 단지 개발한다면서 애들을 쫓아냈어요. 애초에 칩을 심은 이유가 그거였나 싶어요. 고양이가 영역 동물이잖아요. 자리 잡아 잘 사는 애들을 포획해서 억지로 옮기니까 도망가다 잡혀서 다치고 심각했어요. 그런데 모범 사례? 말이 안 되잖아요…….”

말끝을 흐리는 유보라의 말을 고예나가 받았다.

“사실 소리는 그때 고양이 별로 간 제리 딸이에요. 제리가 낳은 다섯 마리 중에 소리만 겨우 살아서 지금까지 보라와 함께 지내고 있었어요.”

정새벽은 고양이 사진이 올라오자마자 바로 연락해 소리를 보여 달라며 다급하게 메시지를 보내던 유보라를 떠올렸다. 다시 코에 찡한 압박감이 느껴졌다. 어떻게든 위로하고 싶은 마음에 정새벽은 야옹회 프로젝트를 떠올리며 말했다.

“새벽에 고양이들끼리 모이는 고양이 집회, 아시죠? 여기 포스캣 님과 제가 고양이들에게 필요한 프로젝트를 하고 있어요. 시현동 고양이 집회 지도를 만들었거든요. 그런데 최근 들어 미당 공원에 각 구역 고양이들이 모이고 있어요. 일반적인 집회랑 다른 패턴인데, 새로운 집회를 발견한 것 같아요."

그간 좋은 일을 해 오고 있었다고 자기 입으로 말하는 것이 조금 낯간지럽기도 했지만 놀란 표정의 유보라와 고예나를 보니 말을 멈출 수 없었다. 야옹회가 만든 고양이 집회 지도가 고양이 실종 사건을 해결하는 데 도움이 될 것 같아 뿌듯해졌다. 정새벽은 한층 들뜬 목소리로 말을 이었다.

"이렇게 업데이트되는 고양이 집회에 대한 정보를 지역 좌표 기준으로 모아서 지도를 만든 거예요. 최근에 시현동에서 열렸던 공익 서비스 공모전 아세요? 거기에도 냈어요. 저는 아직 학생이지만 신호를 분석해서 간단한 테스트용 프로그램 코딩을 할 수 있고, 여기 포스캣님은 현직 데이터 과학자예요. 아, 맞다! 고양이 집회 지도는 누구나 게시판에서 다운로드받을 수 있어요. 공익을 위한 프로젝트라서 당연히 공개하기로 결정했고요."

신이 나서 점점 말이 빨라지는 정새벽과는 다르게 유보라는 방금 전부터 무언가를 골똘히 생각하고 있었다. 포스캣은 유보라의 날카로운 눈빛을 보고 뭔가가 잘못

되고 있다는 걸 느꼈다. 얼른 정새벽에게 눈짓으로 신호를 줬지만 정새벽은 알아차리지 못했다. 이미 정새벽은 분위기보다 고양이 집회 지도에 대해 무엇을 더 말할 수 있는지에 푹 빠져 있었다.

"데이터 퀄리티는 정말 보장해요. 고양이들이 모이는 곳마다 직접 센서를 설치했기 때문에 고양이들이 언제 얼마나 모이는지를 꽤 정확히 알 수 있거든요. 그러니까……."

"아까 뭐라고 그랬어요, 공개 서비스?"

유보라가 정새벽의 말을 끊었다. 포스캣은 다급히 정새벽에게 말을 멈추라는 손짓을 했지만 정새벽은 오히려 유보라에게로 더 다가가며 말을 이었다.

"네, 아직 확정된 것은 아니지만 일단은 '시현동 고양이 집회 지도'라고 부르고 있어요. 정식 서비스로 채택이 된다면 이름이 달라질 수는……."

"고양이가 모이는 곳을 지도로 만들어서 공개를 했다고요? 지금 제정신이에요?"

유보라의 고함에 깜짝 놀라 정새벽은 그대로 자리에 주저앉을 뻔했다. 그 자리에 얼어붙은 정새벽에게 유보라가 가까이 다가와 말했다.

“지금부터 그 지도에 대해 아주 자세히 말해야 할 거예요.”

나지막한 유보라의 목소리에 정새벽은 천천히 고개를 끄덕이며 포스캣을 쳐다봤다. 포스캣은 이미 엄마 작업실로 고예나를 안내하고 있었다.

지도의 의미

"엄마가 저녁에 온다고 하긴 했지만, 그래도 모르는 사람들을 작업실로 데려가는 건 좀 그런데……."

포스캣의 팔을 잡고 거실로 끌며 정새벽이 속삭였다. 포스캣은 뒤를 돌아 유보라와 고예나에게 잠시 기다려 달라는 손짓과 함께 어색한 미소를 보냈다.

"그렇죠. 그렇긴 해도 유보라 님은 소리 보호자고 고양이 지킴이예요. 고예나 님은 고양이 탐정이고요. 지금 벌어지고 있는 고양이 실종 사건이 심상치 않아 보여요. 저분들이 고양이 집회 지도에 대해 알아야 할 것 같아요."

포스캣의 말에 정새벽은 잠시 생각에 잠겼다. 고함을 치던 유보라는 소리를 만났을 때와는 완전히 다른 모습이었다. 사근사근한 미소를 띤 채 내내 상냥하던 고예나의 눈빛이 달라진 것도 마찬가지였다. 그렇지만 자신도 몰래 드나드는 작업실 문을 열어야 한다고 생각하니 정새벽은 머뭇거릴 수밖에 없었다.

“고양이 집회 지도가 실종 사건과 어떤 연관이 있는지 확인하고 싶어요. 우리가 만든 지도로 누군가 고양이를 납치라도 하고 있다면요?”

정새벽은 포스캣의 질문에 고개를 끄덕이고는 말없이 엄마 작업실 문을 열었다. 고양이들이 모이는 지도를 공개한 것이 그렇게까지 소리를 지를 일이었나 싶으면서도 유보라와 고예나가 왜 그렇게까지 화가 났는지 궁금했다. 정확히 말하면 걱정이 되었다. 어쩐지 이들에게 실망을 주고 싶지 않았다. 엄마 작업실이라 곤란하다고 강력하게 말할 수도 있었지만 그렇게 하지 않은 것은 이 때문이었다.

작업실 문이 열리자 갑자기 포스캣의 눈이 반짝였다. 정새벽을 제치고 포스캣은 홀린 듯이 엄마의 메인 컴퓨터에 손을 뻗었다.

“앗!”

정새벽이 소리 지르며 재빨리 포스캣의 손을 막았다. 예상치 못한 큰 소리에 정새벽을 제외한 모든 이들이 깜짝 놀라 정새벽을 쳐다봤다. 정새벽은 구석 책상에 놓인 서브 컴퓨터를 가리키고는 어색한 미소를 지으며 말했다.

"거기 아니고 여기예요, 여기. 하하하."

야옹회 프로젝트 회의에서 정새벽이 몰래 엄마 서브 컴퓨터만을 사용한다는 사실을 알면서도 포스캣은 메인 컴퓨터를 보자마자 자신도 모르게 손부터 뻗어 버린 것이 멋쩍어 머리를 긁적였다.

자신의 예상대로인 포스캣의 행동에 정새벽이 활짝 웃었다. 그 웃음은 당연히 그럴 만하다는 뜻이기도 했다. 정새벽은 혹시 몰라 유보라와 고예나를 향해 말했다.

"여긴 엄마 방이라서 컴퓨터 막 만지면 안 돼요. 엄마가 다른 사람이 컴퓨터 만지는 거 싫어하시거든요."

"어머님이 무슨 일을 하시길래 이렇게 컴퓨터 방이 따로 있어요?"

"엄마는 프로그래머예요. 요즘에는 스마트시현 앱 개발에 참여하고 있어요."

"스마트시현 앱을 만드셨다고요?"

놀라서 묻는 유보라에게 정새벽이 답했다.

“아, 아마 한 부분만 담당하고 있을 거예요. 원래는 웹 개발자인데 이제 모바일 연동은 필수잖아요? 빠르고 정확하게 데이터를 호출해서 안정적으로 돌아가게 만들려면 로직을 잘 짜야 하는데 엄마가 그걸 잘하세요. 그래서…….”

계속 이어지는 정새벽의 말에 유보라와 고예나가 마치 일시정지된 것처럼 멍한 표정을 지었다. 포스캣이 살짝 웃으며 말했다.

“새벽 님 어머님이 좀 어려운 일 하시죠? 그 덕분에 사양 좋은 컴퓨터로 지도를 만들 수 있었어요. 새벽 님, 여기 지도랑 분석 프로그램 좀 열어 주실래요? 우리 같이 봐요.”

정새벽이 고양이 집회 지도와 공간 분석 프로그램을 열어서 모든 준비를 마치자 포스캣이 고양이 집회 지도에 대해 설명하기 시작했다.

“처음에는 시현동에 사는 고양이들이 특정 시간과 장소에 모이는 것을 확인하려고 기록을 시작했어요. 그러다가 고양이 몸속의 나노칩에 대해 알게 되었고, 칩에서 나오는 신호를 기록할 수 있는 센서를 사용하게 되었어요. 아까 새벽 님이 말했던 것처럼 저는 데이터 과학자예요. 지금은 주변 환경으로부터 수집할 수 있는 데이터를 분석해서 공간을 특정하는 프로젝트를 진행하고 있고요. 그 덕에 나노칩 센서를 알게 되었어요."

포스캣이 잠시 말을 멈췄다가 모니터를 가리키며 다시 설명을 시작했다.

"여기 보시면 고양이 집회가 실제로 열리고 있는 곳이 지도에 표시되어 있어요. 또 집회가 열리는 장소에 설치한 나노칩 센서를 통해 집회에 참석한 고양이들의 신호도 따로 기록했어요. 정확히 말할 수는 없지만 집회에 반드시 참석하는 고양이가 몇 있어요. 구역마다 집회 주최를 맡은 고양이가 있는 거죠. 확실한 내용은 아니라서 그 고양이들의 데이터는 공개하지 않았고, 지도는 여기까지 진행하고 있었어요."

포스캣은 시현동 지도를 열어 포인터로 표시하면서 집회 장소의 특징과 이에 해당하는 시현동의 각 구역을 설명했다. 포스캣의 설명을 듣던 유보라가 물었다.

"이 지도가 공개된 게 언제죠?"

“시현동 공익 서비스 공모전에 냈으니까 아마 6개월 전 즈음이었어요. 공모전에는 떨어졌지만요.”

정새벽의 대답에 고예나가 물었다.

“6개월 전에 공모전에서 떨어졌는데, 왜 지도를 계속 만들고 있는 거죠?”

“아…… 그러니까…….”

정새벽이 머뭇거리자 포스캣이 답했다.

“고양이들한테 도움이 되지 않을까 하는 마음에 계속 만들었어요. 정말 그게 다예요. 새로 발견되는 고양이 집회 장소가 있다면 추가했고요. 여기 화면 보시면 새로 추가된 구역은 이곳이고 약 2주 전에 업데이트했어요.”

2주 전이라는 말에 고예나의 눈이 커졌다.

“혹시 미당 공원 근처인가요? 새로 추가된 고양이 집회 구역이?”

유보라의 말에 포스캣이 고개를 끄덕이며 되물었다.

“맞아요. 아까 그곳에 집중하고 계신다고 하셨죠?”

“홍이랑 까미, 둘리…….”

유보라가 중얼거렸다.

“홍이랑 까미랑 둘리?”

갸웃거리는 정새벽에게 고예나가 답했다.

"미당 공원 토박이 아이들이에요. 최근에 사라졌고요. 셋이 동시에 시현동을 떠난 것이 아니라면……."

흐려지는 고예나의 말을 이어 유보라가 말했다.

"누군가에게 납치된 거예요."

고예나와 유보라는 그동안 자신들이 시현동에서 기록했던 고양이 구역과 각 구역의 고양이들 특징이 담긴 고양이 기록 파일을 공유했다. 포스캣은 파일을 고양이 집회 지도와 비교해 보았다. 우선 지도가 공개된 시점과 실종을 특정할 수 있는 시기가 얼추 맞아떨어졌다. 완전히 일치하는 사례가 있는 것은 아니었지만 유효 기간 안에 포함되기 때문에 충분히 의심할 수 있는 일이었다.

"관계가 아예 없다고 보기는 어렵게 되었네요."

자료를 정리하며 정새벽이 말했다.

"포스캣 님이랑 저는 고양이들이 주고받는 신호에 관심이 있어서 고양이 집회를 기록하고 있었어요. 나노칩에서 나오는 신호는 각자 패턴이 달라서 구별할 수 있거든요. 저희가 하는 일이 고양이에게 도움을 줄 수 있을 거라고 생각했어요. 집회 장소 주변에 사료나 물을 두는 구역을 확보하거나 쉼터를 만들어서 고양이를 보호하는 거예요."

"보호?"

유보라가 낮지만 날카로운 목소리로 정새벽의 말을 받아쳤다.

"화면 속에서 깜박이는 신호 아이콘이 진짜 고양이는 아니잖아요? 화면 밖의 시현동에는 길에서 살고 있는 고양이들의 실제 삶이 있어요. 고양이들은 오늘도 밤이슬을 피해 잠을 자고 햇볕을 쐬고 허기를 채우면서 그들만의 삶을 살아가고 있는데, 그걸 알았어야죠!"

유보라의 말에 정새벽은 점점 심장이 요동치기 시작했다. 자신이 커다란 착각을 했다는 것, 무언가 단단히 잘못되었다는 것이 느껴졌다.

"냐옹! 냐옹!"

유보라의 목소리가 커져서 그랬는지 소리가 울기 시작했다. 유보라는 한 손으로 가방을 어루만지며 소리를 달래고 말을 이었다.

"지도를 만들어서 사람들한테 고양이 집회 장소를 알리기 전에 조금이라도 생각해 봤어요? 고양이들에게 먹을 것과 마실 것을 챙겨 주고 추위와 더위를 피할 수 있는 쉼터를 만들어 주는 사람들도 있지만 정반대의 사람들도 있어요. 이래서 고양이들이 사람 손 타면 위험하다는 소리가 나오는 거예요. 당신네가 만들어서 공개한 지도 때문에 아이들이 해코지당할 수 있다고는 생각 안 해 봤어요?"

유보라의 목소리는 감정이 가득 실린 채로 점점 빨라졌다. 조금 전부터 찾아온 불안이 순식간에 정새벽의 온몸으로 번져 나갔다. 어쩔 줄 몰라 하는 정새벽의 어깨를 도닥이며 포스캣이 말했다.

"말씀처럼 고양이들이 스스로 이동한 것이 아니라면 누군가 이 지도를 이용해서 고양이를 납치하고 있는 것 같아요. 이 상황을 어떻게 해야 할까요?"

"우선은 이 지도를 비공개로 돌려야겠죠?"

고예나가 단호히 말했다.

"네. 그렇지만 지도를 보고 고양이를 누군가 납치했다면 이미 실종된 고양이들을 찾는 것도 생각해야 하지 않을까요?"

'납치'라는 말이 포스캣의 입에서까지 나오자 정새벽

은 눈앞이 캄캄해졌다. 하지만 그러면서도 머릿속에 떠오르는 아이디어가 있었다.

'맞아, 이미 공개된 지도를 비공개로 돌린다고 해결될 문제가 아니야. 실종된 고양이들을 찾는 것이 더 중요해. 그렇다면…….'

"지도를 미끼로 쓰는 거예요!"

정새벽의 외침이 모두의 시선을 순식간에 사로잡았다. 갑자기 자신에게 집중된 분위기에 땀이 찔끔 나는 것 같았지만 정새벽은 숨을 고르며 천천히 말을 이었다.

"그러니까, 지도에 표시된 집회 장소를 미끼로 써서 실종된 고양이를 추적하고."

"고양이를 데려간 범인도 잡는 거예요."

눈 옆에 휴지를 갖다 대면 불이 붙을 것 같이 이글거리는 눈으로 유보라가 말하자 정새벽이 멍한 눈으로 물었다.

"범인을 잡…… 누가요?"

정새벽의 말을 끊으며 포스캣이 재빨리 앞으로 나섰다.

"범인, 잡아야죠. 당연하죠. 근데 '우리'가 다 같이 잡는 거예요. 고양이 기록이 필요해요. 그건 두 분이 전문이잖아요."

포스캣의 말에 고예나와 유보라는 말없이 조용히 고개를 끄덕이기만 했다. 고민 중인 것 같았다. 이들의 침묵을 깬 것은 예상외의 인물이었다.

"정새벽, 너 여기서 뭐 해?"

방에 들어온 엄마를 보고 정새벽의 입이 떡 벌어졌다.

정미나는 자신의 작업실에 옹기종기 모인 사람들을 향해 다시 물었다.

"누구세요들?"

고양이 추적단

정미나는 거실 테이블에 모여 앉은 사람들을 쳐다보며 입을 열었다.

"그러니까 여기가 고양이 보호자 유보라 님이시고, 옆에는 같이 오신 고양이 탐정 고예나 님이시고, 건너편이 이제 우리 새벽이랑 새벽에 프로젝트 하신다는 포스캣 님이시고."

호명될 때마다 한 명씩 어색한 미소를 짓는 이들을 보며 정미나가 말했다.

"그리고 여기 잠수함 같은 가방에 이제, 소리 님이 계시고?"

가방 속에 있는 소리가 "냐옹" 하고 울었다면 모두 출석 대답을 한 것이 되겠지만 소리는 널찍한 가방 안에서 담요에 파묻힌 채 잠들어 있었다. 정새벽은 그만하라는 뜻으로 정미나의 팔을 잡아당겼다. 그러나 정미나는 "씁!" 소리를 내며 가만있으라는 신호를 보냈다.

"보여 주신 자료도 그렇고 말씀 잘 들었어요. 새벽에 왔다 갔다 하는 건 그냥 이름값 하나 보다 하고선 넘겼는데 몰래 작업실에서 이렇게 사고를 치고 있을 줄은 몰랐네요. 그건 그렇고, 데이터 간 연관성이 높다는 포스캣 님 말씀에는 동의합니다. 고양이 집회 지도를 사용해서 누군가 고양이들에 접근한 것은 충분히 가능성 있고, 가볍게 넘길 일도 아닌 것 같고요."

그때 유보라가 정새벽과 정미나를 번갈아 보면서 말했다.

"고양이 집회 지도가 공개되면서 고양이 납치 사건이 발생하고 있다고 생각합니다. 우리 시현동 고양이 지킴이들 사이에서도 구역별 급식소나 고양이들 관리에 지도를 사용하지만 지킴이들 사이에서만 공유하는 것이 원칙이거든요. 그러니까 따님도 이번 일에 대해 책임이 어느 정도 있습니다."

정새벽은 뜨끔해서 살짝 시선을 돌리고 엄마를 쳐다

봤다. 정미나는 유보라의 말을 집중해서 듣고 있었다. 유보라가 말을 이으며 정미나에게 물었다.

"어머님께서는 스마트시현 앱 개발을 하고 계신다고 들었는데, 그러면 앱 접속 기록도 보실 수 있나요?"

정미나가 유보라의 말에 고개를 저으며 답했다.

"앱 개발에 참여하고는 있지만 외주 개발팀이에요. 만약 제가 관리 부서 직속 담당자라고 하더라도 접속 기록은 개인 정보라서 당사자 허락 없이 그 정보를 열람하거나 이용할 권한은 없어요. 어떤 마음으로 접속 기록을 보고 싶어 하는지는 알겠지만, 그런 식으로 누군가를 특정하는 건 어려워요."

"방법이 없을까요?"

유보라의 질문에 정미나가 고개를 갸웃하며 답했다.

"이렇게 말해서 저도 좀 그렇지만 스마트시현 앱 관리 부서에서 특별히 뭘 할 수 있을지 모르겠어요. 어떨 때는 사용자보다 관리자를 위한 기능인가 싶은 것도 있고, 솔직히 말하면 그래요. 전담자는 기술 부서 경험이 있는 분도 아니셨고, 기술 관련 실무는 대부분 외주로 돌리고 하니까……."

정미나가 말을 흐리면서 멈췄다. 모든 사람이 너무나 심각한 표정으로 자신의 말을 듣고 있었기 때문이었다.

"우리끼리만 아는 걸로 해요. 외부에 말이 나가서 좋을 거 없으니까요. 내부 사정을 설명한 건 제가 관리 부서에 이야기를 전해도 크게 달라질 게 없다는 걸 말씀드린 거예요."

손목을 들어 시간을 확인한 정미나가 자리에서 일어나며 말을 이었다.

"소리도 집에 가서 쉬어야 할 것 같고, 저도 우리 새벽이랑 할 이야기도 있고 하니까 여기서 이만 정리할까요?"

유보라는 뭔가 더 할 말이 있는 눈치였지만 고예나가 유보라의 어깨를 잡으며 눈치를 줬다. 유보라는 현관 쪽으로 밀려나면서 얼떨결에 인사를 하고 제일 먼저 밖으로 나갔다.

"새벽이 어머님, 어쩌면 불쾌하셨을 수도 있고 소리 일도 그렇고 많이 놀라셨을 텐데 함께 고민해 주셔서 감사해요. 이만 가 보겠습니다."

고예나는 웃으면서 정미나에게 정중히 인사를 하고 현관 밖으로 나갔다. 정미나에게 꾸벅 인사를 하고 나가는 포스캣을 보며 정새벽도 뒤를 따랐다. 자연스럽게 신발을 신던 정새벽을 정미나가 재빨리 불러 세웠다.

"너는 어디 가?"

"아. 배웅, 배웅! 금방 올 거야."

"다른 데 새기만 해, 아주! 인사만 하고 빨리 들어와."

정미나의 외침을 뒤로하고 네 사람은 집 앞 골목에 다시 모였다. 정새벽은 고양이를 찾고 고양이 납치범을 잡기 위해 자신과 포스캣이 한 팀, 유보라와 고예나가 한 팀이 되어 양동 작전을 펼치면 어떠냐는 말을 꺼내려 했다. 그러나 이들은 이미 작전에 돌입해 있었다.

"지도를 다운받은 아이피를 추적하면 어때요?"

유보라가 소곤소곤 말했다.

"연결된 서버가 있으니까 새벽 님이 작업실에서 관리자 모드로 들어가면 스마트시현 앱 게시판 접속 로그를 확인할 수 있기는 한데……."

포스캣은 말을 줄이면서 정새벽을 쳐다봤다. 모두의 눈이 정새벽을 향했다. 정새벽이 손사래를 쳤다.

"이제 엄마 작업실은 못 들어가요! 오늘 봐서 알잖아요."

이제 정새벽은 거의 울기 직전이었다.

“여러분들은 각자의 집에 가면 그만이지만 저는 집에 가면 엄마가 기다리고 있어요. 게다가 이제 엄마 작업실에서 야옹회도 못 하게 되었잖아요.”

“게시판 접속 로그만 확인하는 거예요. 다른 건 아무것도 건드리지 않고요. 고양이도 찾고 납치범도 잡으려면 이 방법뿐이에요.”

유보라가 정새벽에게 애원했다.

“도와줘요.”

정새벽은 자신을 뚫어지게 보는 세 사람의 얼굴을 보자 안 된다는 말이 차마 입 밖으로 나오지 않았다.

한편으로 정새벽은 ‘신호’를 생각했다. 고양이들이 주고받는 신호를 알아보기 위해 시작했던 야옹회, 그리고 자신의 집에 찾아온 소리, 그렇게 모이게 된 사람들. 이건 분명 신호였다.

정새벽에게 신호란 연결을 뜻했다. 신호는 눈에 보이지 않으면서도 기가 막히게 갈 곳을 찾아 자리를 잡고 자신을 알린다. 신호는 고유의 주파수일 수도 있고 어쩌면 알 수 없는 거대한 존재가 내려 준 목소리일지도 모른다는 생각도 했었다. 그러나 결국 신호에서 가장 중요한 것은 '연결'이었다.

신호는 자유롭게 어디든 지나쳐 가는 것 같지만 머물 곳에 도착하면서부터는 연결이 시작된다. 정새벽이 보기에 연결은 어느 한쪽의 목적으로만 완성되는 것이 아니었다. 무수히 스쳐 가는 수많은 신호 중 서로를 잡아끄는 것이 분명 있었다.

독립적인 개체였던 신호가 서로 연결되고, 각 신호의 목적에 맞게 특정한 패턴을 띠며 안정적인 체계를 잡아간다. 정새벽은 그 과정을 신호의 '운명'처럼 느꼈다. 다친 곳 없이 안전하게 유보라에게 안겨 있는 소리를 보니 더 그랬다.

'지금 우리는 신호로 연결된 걸지도 몰라.'

여기까지 생각이 미치자 정새벽은 이제 고민을 끝내고 결단을 내려야겠다는 생각이 들었다. 고양이 집회를 분석하고 지도를 공유한 건 분명 자신이 주최한 야옹회의 일이었다. 책임을 져야 했다.

"좋아요, 할게요. 대신 게시판 로그만 보는 걸로 약속해요."

정새벽의 말에 세 명 모두 고개를 끄덕였다. 정새벽이 포스캣에게 물었다.

"뭘 어떻게 하면 되죠?"

"원격 공유 프로그램으로 앱 관리 설정에 들어갈 수 있어요. 본체에 테스트 버전 스마트시현 앱이 있다고 그랬었죠?"

포스캣의 물음에 정새벽이 고개를 끄덕였다.

"테스트 버전인데 접속 기록을 어떻게 볼 수 있는 거예요?"

유보라의 질문에 정새벽이 소곤소곤 말했다.

"실제 출시 앱에 연동해서 기능 테스트를 하니까 가능해요."

옆에 있던 고예나가 물었다.

"근데 야옹회는 뭐예요?"

"아, 새벽 님이 만든 모임 이름인데 '야옹 소리 연구회'를 줄여서 야옹회라고 부르고 있어요. 고양이 집회 지도가 야옹회의 첫 프로젝트였는데, 이렇게 일이 커져 버렸네요."

포스캣이 그간의 야옹회 활동을 설명하자 정새벽이

유보라와 고예나를 번갈아 보며 말했다.

"고양이를 찾고 납치범도 잡는 동안, 두 분이 우리 야옹회에 들어오는 건 어때요?"

"야옹회가 고양이 추적단이 되는 거예요."

포스캣의 제안에 모두 고개를 끄덕였다.

"고양이 추적단, 야옹회."

한 글자씩 또박또박 발음하며 미소 짓는 정새벽에게 고예나가 말을 흐리며 물었다.

"혹시 복잡하고 그런가요? 제가 기계치라서……."

"프로그램 조작이 어려우면 화면 공유로 함께 보면 되니까 너무 걱정하지 마세요. 야옹회 사이트 접속 코드를 보낼 테니까 우리 이제 새벽에 만나요."

포스캣이 고예나를 안심시켰고 네 사람은 가로등 조명을 뒤로하며 인사를 나눴다. 정새벽은 소리에게도 인사를 하고 싶었지만 소리는 가방 속 담요 안에서 내내 잠들어 있었다. 우주선 가방을 한번 쓰다듬으며 인사를 대신한 정새벽은 집으로 돌아가는 세 사람의 뒷모습을 한동안 쳐다봤다.

시현동에 살던 고양이 소리는 우연한 계기로 정새벽

과 만나 '창고의 고양이'에서 '딸기'가 되었고, 원래의 짝이었던 반려인이자 고양이 기록자 유보라를 만나 다시 '소리'로 돌아갔다. 소리로 인해 각자의 자리에서 활동하던 이들이 모여 고양이 추적단이 되었다. 하루 동안 많은 일이 있었지만 어쩐지 개운한 기분이었다.

발 빠른 포스캣이 그룹 채팅방을 열었는지 메시지가 연달아 올라오기 시작했다. 정새벽이 천천히 메시지를 읽으며 고양이 추적단으로서 앞으로의 야옹회 활동을 구상하려는데, 진동이 울리면서 메시지가 왔다.

> 지켜보고 있다. 빨리 들어와!

엄마였다. 정새벽은 야옹회 그룹 채팅방의 메시지를 빠르게 눈으로 훑고는 서둘러 집으로 들어갔다.

새로운 야옹회

[새벽] 야옹! 드디어 모였습니다! 한 주 동안 잘 지냈나요?

[Bora.U] 야옹?

[포스캣] 아! 야옹회 인사말이에요. ㅋㅋㅋ 야옹! 보라 님 반가워요. 근데 새벽 님. 지금 어머님 주무시는 거 맞죠?

[새벽] 네. 업데이트 출시 막바지라 엄마네 팀 다 밤 새우고 아까 작업 마무리됐거든요.

[포스캣] 물어봐도 되나? 어떤 업데이트예요?

[새벽] 가상 현실 연동 서비스 테스트 팀이랑 협업한다고 그랬어요. 스마트시현 앱에서 가상 현실에 접속할 때 뇌파 안정 모드로 진행한대요. 가상 현실에 안정적으로 접속하게 해 주는 거라고 하더라고요.

[Bora.U] 스마트시현에서 가상 현실 접속도 할 수 있어요?

[포스캣] 스마트시현 앱 출시 전에 가상 현실 서비스 베타 테스터를 모집하긴 했어요. 테스터 선정자에게 접속기를 보내 줬다고 들었고요. 저도 신청했었는데 떨어졌어요. 지역 쇼핑몰을 가상 현실로 운영한다고 그랬거든요.

[새벽] 맞아요, 그거! 가상 현실 쇼핑몰이라고 그랬어요. 무튼 엄마는 지금 코 골고 주무시는 중. 근데 고예나, 유보라 님 작업 준비는 다 된 건가요?

[포스캣] 새벽 님 오기 전에 제가 다 확인했어요. 유보라 님은 저랑 원격 공유되어 있어서 제가 공유하는 화면 같이 보면 됩니다. 그럼 이제 모두 음성으로 채팅해요. 저랑 고예나 님은 지금 밖에 나와 있거든요.

[Bora.U] 엥?

[새벽] 지금 밖이라고요?

[포스캣] 미끼로 만든 가짜 지도를 야옹회 채팅방에서 공유했었잖아요? 고양이 집회 장소를 가짜로 표

시한 지도요. 오늘 야옹회 시간에 맞춰서 스마트시현 게시판에 올렸는데 업데이트하자마자 누군가 바로 다운받아 가더라고요.

[Bora.U] 납치범 아니에요?

[포스캣] 그러니까요. 그래서 서두를 수밖에 없었어요. 새벽에 움직이려면 아무래도 차가 안전해서 고예나 님한테 연락했더니 마침 집 근처라고 해서 만났고요. 일단 지금 미끼로 올린 구역에 도착했거든요? 보면 알 거예요. 비디오, 오디오 다 켜요. 지금 영상 공유할게요.

'정말로 납치범이 미끼를 문 걸까?'

정새벽은 떨리는 마음으로 오디오를 연결하고 화면 공유 아이콘을 누르는 동시에 비디오 창도 열었다. 공유되고 있는 화면을 보니 어제 공유받은 가짜 지도에 표시된 곳이 맞았다. 정새벽의 집과도 멀지 않은 미당 공원 옆 공터였다. 정새벽이 익숙한 화면을 구석구석 살피다 물었다.

"이거 공개 CCTV 연동한 거 맞죠?"

"열람용 공개 CCTV 연결한 거 맞아요. 스마트시현 앱에서도 연동해서 볼 수 있을 거예요."

"야옹!"

포스캣의 대답에 이어 누군가 뒤늦은 인사를 했다. 고예나였다.

"이렇게 인사하는 거 맞죠? 아까는 운전하고 있어서 채팅은 못했어요. 늦었지만 반가워요."

고예나의 목소리를 들은 정새벽의 입가에 미소가 번졌다. 이렇게 목소리로 만나니 어쩐지 다들 옆에 있는 것처럼 느껴졌다. 그때 공유 화면에 야옹회에서 만든 지도가 열렸다. 유보라가 뭔가 떠올랐다는 듯 말을 꺼냈다.

"근데 예나 언니, 좀 위험하지 않아?"

"응? 왜요?"

정새벽의 물음에 유보라가 말했다.

"언니 차요. 차에 고양이 귀 모양 안테나 달려 있고 '고고탐정' 로고랑 연락처까지 적혀 있어서 너무 눈에 띌 거 같은데?"

정새벽이 피식 웃었다. 고양이 귀 모양의 안테나를 달고 있는 고양이 탐정의 차라니, 상상만 해도 귀여웠다.

"아, 난 또 뭐라고. 그래서 내 차 안 타고 포스캣 님 차 운전해서 왔어. 고양이 귀도 안 달려 있고 선팅도 엄청 진해서 아주 든든해."

"포스캣 님 차를요?"

고예나가 웃음 띤 말투로 정새벽의 질문을 받았다.

"그래도 명색이 추적단인데 다 티 나게 탐정 차를 타고 다닐 수는 없잖아요? 포스캣 님이 선팅 잘 돼 있다고 자기 차 타자고 했어요. 근데 아무래도 포스캣 님은 보라랑 원격 공유도 해야 하고, CCTV 연동한 것도 확인해야 해서 제가 운전했어요."

"네. 그럼 오늘은 누군가 나타날 때까지 무작정 대기하실 건가요?"

유보라의 질문에 포스캣이 답했다.

"일단 오늘은 주변에 센서를 설치하고 대기할 거예요. 혹시 오늘 납치범이 안 올 수도 있으니까 납치범 행동을 기록하려면 미리 설치해야죠. 신호 수집 센서가 연동되는 소형 카메라도 같이 가져왔어요. 미당 공원과 그 근처는 리서치 목적으로 회사에서 승인받은 구역이라 촬영 가능해요. 정말 누군가 접근해서 수상한 행동을 한다면 영상과 수집된 음성을 증거로 쓸 거예요."

"완전히 잠복근무 아닌가요? 오늘은 고양이 탐정도 데이터 박사도 아니고 형사인 거잖아요, 형사님!"

오류가 생겼는지 오디오가 잠시 지직거리다 다시 연결됐다. 이어 차 문 닫히는 소리가 들렸다.

"형사님들이 밖에 센서를 설치하러 출동했나 봐요. 흐흐."

장난스러운 유보라의 말투에 정새벽이 함께 웃었다.

CCTV 화면에 집중하니 공터 부근 구석구석에 센서를 설치하는 포스캣이 보였다. 포스캣과 고예나가 센서를 설치하고 차에 막 타려는데, 공원 도로로 진입하는 봉고차가 보였다.

"봉고차!"

유보라와 정새벽이 거의 동시에 외쳤다. 재빨리 차에 올라탄 포스캣과 고예나는 서둘러 시동을 끄고 설치한 카메라 설정을 적외선 모드로 변경했다. 정새벽과 유보라도 각자의 패드 화면에 집중했다.

화면이 녹색으로 바뀌었고 곧 멈춰 선 봉고차가 보였다. 봉고차 문이 열리더니 검은 후드 티셔츠에 검은 모자를 눌러쓴 두 사람이 내려 주위를 둘러봤다.

"설치한 카메라에서 오디오 연결할게요."

포스캣이 조용히 말했다. 정새벽은 이어폰의 볼륨을 확인하고 귀를 기울였다. 그때였다.

"하필 내가 알바하는 날에 긴급 처리야? 하여간 팀장 걔는 꼭 퇴근하려고 할 때 일 시키더라."

카메라에 연결된 오디오에서 출력된 소리였다.

"알바라고 하는 걸 보니까, 어딘가 회사에서 온 걸까요? 이 새벽에, 공원에?"

소곤거리면서 묻는 유보라의 질문을 듣기라도 한 것처럼 화면 속 사람들이 대답하듯 말을 주고받았다. 목소리가 선명하게 잘 들렸다.

"에이, 뭐 한두 번이야? 빨리 마무리하면 되지. 근데 어째 고양이가 한 마리도 안 보이네. 여기 고양이 모이는 곳 맞아?"

"지도대로 온 거 맞잖아."

머릿속에서 상황을 정리하는 것만으로 정새벽은 손에 땀이 나고 심장박동 소리가 귀에 들릴 만큼 긴장했다. 게다가 이들은 지도대로 왔다고 말했다.

'가짜 고양이 집회 장소를 공유하자마자 집회가 열리는 새벽 시간 공원에 온 낯선 이들이 고양이를 찾는다. 심지어 고양이가 모이는 곳을 지도로 확인하고 있다!'

"어쩌면 정말 고양이 납치범일 수도 있겠는데?"

혼잣말을 하며 포스캣은 이들의 얼굴을 보기 위해 줌을 당겼다. 그러나 얼굴을 자세히 볼 수 있을 정도의 거리가 아니었다. 포스캣이 조용히 혀를 찼다. 화면 속 사람들의 대화가 이어졌다.

"하, 저번처럼 기다려야 되나?"

"아니야. 팀장이 다음 구역에서 바빠질 거라고 오늘은 적당히 마무리하랬잖아. 어차피 3일 후에 다른 구역에서 또 시작할 거니까. 오늘 안 되면 다음에 하지 뭐. 어차피 팀장도 우리한테 맡기고 퇴근했잖아. 그냥 오늘은 리턴만 하고 가자."

"그래도 되는 거야?"

"괜찮아. 다른 그룹 애들처럼 우리는 엉뚱한 구역에 리턴한 적도 없잖아. 저번에 다른 구역에 리턴한 애들 때문에 못 보던 고양이들이 와서 영역 다툼 한다고 그쪽 동네에 민원 엄청 들어왔다더라? 팀장이 민원에 엄청 신경 쓰는 거 알지?"

대화를 마친 이들은 봉고차 뒤에서 뭔가를 꺼내 들고 공터 구석에 내려놓았다. 담요로 둘러싼 작은 상자 같았다. 유보라가 자세히 보기 위해 화면을 확대했다. 하지만 공유 화면이라서 줌 기능이 먹히지 않았다.

"저게 뭐죠? 아, 확대 안 되나요?"

"잠시만요. 이 거리면 확대할 수 있을 것 같아요."

조급한 목소리의 유보라에게 대답하며 포스캣이 줌을 당기려던 그때였다.

"냐옹."

분명 고양이 소리였다.

"뭐야, 리턴이 이거였어?"

고예나가 당황하면서 말했다.

공원의 낯선 이들은 총 세 개의 상자를 내려놓았다. 그들이 담요를 걷어 내자 간이 이동장이 보였고 그 안에 고양이가 있었다. 이동장 문이 열리자 고양이들이 천천히 밖으로 나왔다. 잠시 멈춰 서서 주변을 경계하던 고양이들은 잠시 후 재빨리 어둠 속으로 사라졌다.

"고양이 납치범이 정말 있었어! 아, 저것들 어떻게 잡죠?"

유보라의 격앙된 목소리에도 고예나는 화면만 뚫어지게 응시하고 있었다. 입을 틀어막고 조금 떨고 있는 고예나에게 포스캣이 물었다.

“왜 그러세요? 혹시 저 둘 중에 아는 얼굴이라도 있나요?”

고예나는 대답 대신 고개를 저으며 말했다.

“지금 이동장에서 나온 아이들……, 최근에 미당 공원에서 사라졌던 아이들이에요. 무늬가 특이해서 알아볼 수 있어요. 까미랑 홍이, 그리고 둘리예요. 틀림없어요. 아까 저 사람들이 엉뚱한 곳에 리턴하지 않았다고 했잖아요. 이 공터는 미당 공원 바로 옆이고요.”

고양이 실종 사건의 범인이 확정되는 순간이었다.

“우선 내려서 고양이들부터 챙길까요?”

포스캣의 질문에 고예나가 답했다.

“움직임을 보면 다친 것 같지는 않고 몸놀림도 가벼운 걸 봐서 상태는 양호한 것 같아요. 아이들이 제 목소리를 알고 있으니까 부르면 올 거예요.”

그때 봉고차 헤드라이트에 불이 들어왔다. 포스캣은 가장 가까운 카메라를 집어 들고 봉고차 번호판을 확대

했다.

“앗! 저것들 지금 가려는 거 같은데? 번호판 저장했어요?”

유보라가 물었지만 대답이 돌아오지 않았다.

공터 밖으로 나가는 봉고차를 보며 포스캣과 고예나의 눈이 마주쳤고 이들은 동시에 고개를 끄덕였다. 잠깐의 침묵에 정새벽은 아까처럼 오류가 생겼나 생각하며 오디오를 껐다가 켰다. ‘치직, 치직’ 잡음과 함께 차 시동 거는 소리가 들렸다. 화면을 통해 떠나는 봉고차를 보며 정새벽이 물었다.

“지금 철수해서 집에 가실 건가요? 그럼 이따 집에 도착해서 메시지…….”

“쫓아가요!”

정새벽의 말을 끊고 다급히 외치는 목소리, 포스캣이었다.

출동!

영화에서 봤던 것처럼 자동차 추격이 이어지는 건 아닌지 잔뜩 마음 졸이며 화면을 보던 정새벽이 안도의 한숨을 쉬었다. 새벽의 한산한 도로와 규정 속도를 지키며 운전하는 납치범의 조합은 적어도 화면상에선 안전한 듯 보였다.

유보라는 마치 차 조수석에 앉은 것만 같은 기분이 들었다. 포스캣이 운전석 거치대에 고정한 패드의 카메라를 켰기 때문이었다. 앞서 가는 봉고차를 보며 유보라는 마음이 편치 않았다. 납치범들은 덩치도 크지 않았고, 그저 알바생일 뿐이었다. 하지만 그렇다고 해도 납치범은 납치범이었다. 지금이라도 차는 돌릴 수 있다고, 지금 시간에 추적은 위험하다고 유보라는 생각했다. 잠시 고민하던 유보라가 입을 열었다.

“너무 늦었잖아요. 위험하니까 그냥 차 돌리는 게 어때요?”

“아, 보라야. 걱정 마. 어디에 주차하는지만 확인하고 적당한 곳에서 차 돌려서 바로 나갈 거야.”

“예나 언니, 그럼 약속해. 차에서 절대 내리지 않겠다고.”

잠깐의 침묵이 이어진 뒤에 고예나가 다정한 말투로 대답했다.

“약속할게. 저번 같은 일 안 생기게 할게.”

“물어봐도 되나? 무슨 일 있었어요?”

포스캣의 질문에 유보라가 말했다.

“전에 예나 언니가 의뢰받은 일이 있었는데, 알고 보니 의뢰인의 동거인이 고양이를 밖에 버리고서는 모른 척하고 있었던 거예요. 예나 언니가 고양이를 찾고 나서 가해자가 앙심을 품고 신고를 가장해서 언니를 위협한 일이 있었어요. 그때 재빨리 차에 타서 다행이었지, 큰일 날 뻔했어요. 어쩐지 고양이가 가해자 근처에도 안 가더라고요. 그런 것들은 아주 똑같이 당해야 하는데!”

“후후, 고양이 탐정하면 별일 다 있어요.”

고예나는 덤덤하게 말했다. 정새벽이 고양이 탐정에 관해 알고 있는 건 인터넷 영상이나 게시판 글에서 본 것이 전부였다. 고양이 탐정은 고양이를 잃어버린 사람들의 의뢰를 받고 고양이를 찾아 준다. 고양이의 습성을 잘 파악해야 사고를 줄일 수 있다고 말하던 어느 고양이 탐정의 인터뷰 영상이 떠올랐다.

고양이 탐정이 고양이를 찾기 위해서는 고양이가 갈 만한 통로를 확인해야 하기 때문에 근처에 살고 있는 사람들의 도움이 필요하다. 하지만 모두가 부드럽고 따뜻하게 받아 주지는 않는다. 누군가에게는 가족이고 세상에 둘도 없이 소중한 존재지만, 누군가에게는 그저 의미 없는 짐승일 테니까. 아무리 커 봤자 사람보다 한참 작은 고양이를 자신의 기분대로 대하는 사람도 있다. 적대하며 위협하거나, 심지어 장난삼아 공격하기도 한다. 정새벽은 고양이 탐정 일이 고된 이유는 어쩌면 사람을 상대하는 일이기 때문일지도 모른다고 생각했다. 고예나의 덤덤한 말투가 정새벽의 마음에 콕 하고 깊숙이 박혔다.

정새벽은 화면 속 도로를 달리는 봉고차를 보며 고양

이라는 존재와 가족의 의미를 떠올렸다. 고양이와 함께 살아 보지 않았기에 정새벽은 고양이를 가족으로 여겨 본 적이 없었다.

정새벽은 예전에 엄마에게 물어본 적이 있다.

"고양이를 키우지도 않으면서 고양이 사료나 간식은 왜 챙겨 다니는 거야?"

"시현동에 처음 이사 왔을 때, 너도 학교 적응하느라 정신없고 엄마는 엄마대로 바쁘고 그랬잖아. 그때 겨울이었나? 야근하고 집에 가는 길에 고양이 울음소리가 계속 들리는 거야. 소리 나는 곳으로 가 보니 작은 고양이가 나한테 와서 몸을 기대더라. 만져 주니까 더 울면서 기대는데, 너무 쪼그만 거야. 조금만 기다리라고, 금방 오니까 가지 말라고 말했지. 고양이가 내 말을 알아들을 리 없지만 그래도 그때는 그랬어. 그러고 얼른 근처 편의점에 갔지. 잘 모르니까 그냥 고양이가 먹는 통조림을 사서 급하게 돌아갔거든. 그랬더니……."

"그랬더니?"

"날 기다리고 있었어."

"기다렸어?"

"그래, 그 쪼그만 애가 냐옹냐옹 하면서 날 기다리고 있더라니까. 캔을 따서 그냥 주자니 혀가 베이면 어쩌지 하는 생각에 급한 대로 비닐봉지 위에 밥을 부어 줬어. 세상에, 코 박고 얼마나 정신없이 먹던지. 많이 배고팠나 봐. 근데 시간도 늦고 너도 기다리고 있으니까 집에 가는데, 몇 번이나 왔던 길을 돌아봤는지 몰라."

엄마가 다음날 다시 가 보니, 비닐봉지도 고양이도 사라져 있었다고 했다. 그런데 편의점에서 그 고양이를 이미 알고 있었다. 골목에서 차에 치인 엄마 고양이를 대신해 몇몇 가게와 동네 주민들이 번갈아 가며 그 작고 어린 고양이에게 밥을 챙겨 주고 있었다. 사람들은 그 고양이를 '점보'라고 부른다고 했다. 전날엔 지나쳐서 보지 못했지만 편의점 주인의 말을 듣고 보니 편의점 근처에 고양이 밥그릇과 물그릇이 있었다. 혹시 밥그릇이 비어 있을 때, 채워 줘도 되냐고 물었더니 주인이 고양이 사료를 가르쳐 줬고 그렇게 엄마는 가끔씩 점보의 밥을 챙겨 주게 되었다고 말했다.

정새벽이 생각하기에 자신은 유보라처럼 고양이와 가족도 아니었고, 그렇다고 고양이를 함부로 대하는 사람도 아니었다. 정새벽은 그 사이에 자리했다. 고양이를 비롯하여 동네에 존재하는 작고 다양한 생명체, 그들과 함께하는 중간의 자리. 시현동의 '중간의 자리'에는 가족은 아니지만 고양이가 울음소리로 손을 뻗으면 기꺼이 그 손을 잡아 주며 그곳에 자신의 시간을 겹쳐 가는 사람들이 있다. 점보를 챙겨 준 골목 사람들, 고양이를 생각하며 사료를 준비해 두는 엄마도 그렇다. 정새벽은 고양이의 안전을 위해 새벽의 도로를 달리고 있는 고양이 추적단의 마음도 함께 떠올렸다.

어느덧 봉고차는 서서히 속도를 줄이며 널찍한 주택가로 들어갔다.

"여기 어디서 멈출 모양인데, 더 천천히 가야겠어요. 혹시 우리가 뒤쫓아 온 걸 눈치채고 일부러 엉뚱한 곳에 온 건 아니겠죠, 설마?"

"아까 팀장 욕하면서 투덜거렸던 걸로 봐서 그럴 열정은 없어요."

포스캣이 무심한 말투로 말하자 고예나가 웃었다. 이들의 대화를 듣던 유보라가 외쳤다.

"언니! 웃을 때가 아니야, 집중해!"

곧 봉고차가 멈췄다. 봉고차에서 내린 고양이 납치범들이 포스캣의 차를 잠시 돌아보자 고예나는 건너편 건물에 주차하는 척하면서 천천히 차를 후진시켰다. 납치범들은 곧 발길을 돌려 현관에서 카드를 찍고 건물 안으로 들어갔다. 겉으로 보기엔 3층 단독 주택 같았는데 집이 아니라 회사였다. 담장에 붙은 작은 명패에는 회사 이름이 쓰여 있었다.

"포스캣 님, 화면에서는 잘 안 보여요. 뭐라고 쓰인 거예요?"

"잠시만요, 이미지로 저장해 놨으니까 우선 가요. 가면서 정리하죠. 곧 해 뜰 시간이에요."

"시간이 벌써 이렇게 된 거예요? 자, 출발합니다."

고예나가 차를 돌려 이동하는 동안 포스캣이 지금까지의 상황을 정리했다. 정새벽과 유보라의 화면에는 앞좌석을 통해 보이던 도로 대신 포스캣이 올리는 이미지와 메모들이 가득한 공유 문서가 보였다. 건물 담장에 붙어 있던 명패 이미지가 화면 중앙에 또렷이 떠올랐다.

(주) 큐어힐

납치범의 본진

"납치범들 회사겠죠?"

고예나의 질문에 포스캣이 검색을 시작했다. 인공 지능 기반의 검색 프로그램은 언제나 정확한 답을 아주 빠르게 찾아 정리해 줬다.

"큐어힐 주식회사. 찾아봅시다."

화면이 순식간에 세 개로 분할되었다. 각각의 화면에는 큐어힐에 관한 기사, 진행하는 일들, 관련된 업체들의 정보가 차례로 나열되었다.

"지금까지 확인한 것으로 큐어힐의 메인 사업은 온라인 검진 중개 서비스예요. 온라인으로 병원을 연결해서 채혈이나 수면, 뇌파 기록 같은 걸 패드나 컴퓨터에 연동시키고 진단을 받게 하는 거죠."

포스캣의 설명을 따라 고양이 캐릭터 포인터가 움직였다.

“병원이랑 관련 있는 회사네요?”

유보라가 묻자 포스캣이 의외의 답을 내놓았다.

“근데 큐어힐의 본사는 마이큐어 동물병원이에요.”

‘동물병원?’

정새벽은 속으로 중얼거리며 고개를 갸웃거렸다. 고양이 납치범 회사가 동물병원 소속이라는 것은 선뜻 이해하기 어려웠다. 그때 갑자기 고예나가 언성을 높였다.

“마이큐어? 전에 시현동 TNR 위탁 업체였잖아? 이런……!”

유보라가 헛웃음을 치며 고예나의 말을 받았다.

“마이큐어가 고양이들 엉터리로 수술해 놓고 수당 챙겨 가는 걸 시현동 동물 복지 분과 담당자가 눈감아 줬어요. 예전에 비리 고발로 위탁 업체 정지 먹은 걸로 알고 있는데, 이름 바꿔서 운영하나 보네요.”

고양이들 수술이 수당이 된다는 소리에 깜짝 놀란 정새벽이 물었다.

“고양이 수술이라니 그게 뭐예요……?”

이번엔 유보라가 공유 문서에 이미지 하나를 붙였다. 화면 중앙에 크게 'TNR'이라는 글자가 보였다. 유보라가 설명했다.

"TNR은 길에 사는 고양이를 잡아서 중성화시키고 방생한다는 'Trap, Neuter, Return'의 약자예요. 지역 동물 복지과에서 선정한 위탁 업체가 중성화 수술을 관리하고요."

"근데 중성화 수술은 고양이가 아니라 사람들이 필요로 하는 것 같은데요?"

정새벽의 질문에 유보라가 설명을 이어 나갔다.

"그건 그래요. 그래도 번식을 관리하는 TNR은 개체 수 조절을 위해 필요한 사업이에요. 하지만 불법을 저지르는 일부 사람들이 정말 문제예요. 고양이를 포획해서 의료용이 아닌 스테이플러로 수술을 마무리하거나 제대로 처치가 되지 않은 상태로 거리에 풀어 줬어요. 감염증으로 죽는 고양이도 많았고요."

"스테이플러로 수술을 마무리했다고요?"

정새벽의 질문에 고예나가 끼어들었다.

"이미 중성화된 애를 또 포획하는 경우도 있었어요.

마리 당 수당을 지급했거든요."

"어휴, 그때 마이큐어를 위탁 업체에서 해지시키려고 예나 언니랑 저랑 고양이 지킴이 멤버들이랑 돌아가면서 주민센터 앞에서 1인 시위 했어요. 다행히 담당자한테 다른 비리 고발도 들어온 상태여서 예상보다 빨리 마무리 됐는데, 그 마이큐어 이름을 여기서 또 들을 줄이야. 쯧."

유보라가 혀를 차며 포스캣에게 물었다.

"포스캣 님, 근데 여기 올려 놓은 스마트시현 개발 업체 목록은 뭔가요?"

고양이 포인터가 움직이더니 곧 포스캣의 목소리가 들렸다.

"아, 이건 큐어힐과 관련된 업체들이 왜 이렇게 복잡하게 얽혀 있는지 조금 알 것도 같아서 같이 보려고 올렸어요."

"연관성을 찾았나요? 어떤 거예요?"

포스캣이 말을 마치기 무섭게 정새벽이 질문했다.

"응용소프트웨어 개발업으로 신고된 큐어힐의 본사 마이큐어. 이들은 공통적으로 시현동과 관련이 있잖아요. 아까 확인했다시피 시현동 고양이들을 납치했다가 다시 풀어 주고 있고요. 그래서 시현동 온라인 서비스와 관련된 쪽으로 찾아봤더니."

포스캣이 잠시 말을 멈추고 새 창을 띄웠다.

"짜잔. 스마트시현 앱 개발 업체 목록에 그 열쇠가 등장하더라고요."

포스캣이 개발 업체 목록에 보이는 '메타룩스'에 크게 동그라미를 쳤다.

"그래서 아까 중성화 수술 이야기할 때, 검색 프로그램에 큐어힐과 메타룩스의 관련성을 분석해 달라고 입력했거든요. 그랬더니 흥미로운 관계도를 보여 주더라고요? 이제부터 설명이 좀 복잡해질 수 있는데 잘 들어요. 큐어힐은 메타룩스라는 가상 현실 개발 업체와 기술 협약을 했어요. 앞으로 가상 현실 서비스 개발을 시작하겠다는 내용이죠. 여기 기사 링크 보낼게요."

정새벽은 포스캣이 보낸 기사 링크를 열었다.

"보면 업무 협약 개시 날짜가 지금으로부터 6개월 전이에요. 그때 스마트시현 앱에는 어떤 일정이 있었는지 보니까, 대규모 업데이트가 있었어요. 내용은 권한이 없어서 확인하지 못했지만 이 업데이트 이후에 바로 가상 현실 서비스 베타 테스트가 시작됐거든요. 연관성을 분석해 보면, 가상 현실 접속 시 제공하는 뇌파 안정 서비스가 업데이트되었다는 걸 추론할 수 있어요."

"그러면 업데이트 시기가 업무 협약 시점과 맞물리는데요? 아까 기사에서 보기로는 큐어힐이랑 메타룩스가 업무 협약을 맺으면서 가상 현실 서비스 개발을 시작한다고 했는데, 그 며칠 만에 개발을 완료했다는 건 말이 안 되잖아요."

유보라의 질문에 포스캣이 답했다.

"맞아요. 이미 개발되어 있던 서비스를 업데이트했을 거예요. 업무 협약은 형식적인 거죠. 큐어힐과 메타룩스는 이미 협약 이전에 다른 역할을 수행하고 있었을 거예요. 가상 현실을 이용한 서비스 같은 것들?"

포스캣의 말에 정새벽이 외쳤다.

"스마트시현 가상 현실 쇼핑몰!"

"가상 현실 쇼핑몰? 거기서 뭘 하려고 하는 걸까요?"

유보라의 질문에 포스캣이 답했다.

"메타룩스가 직접 공개한 정보를 보지 않는 이상 거기까지는 알기 어려워요. 일단 고양이 집회 지도를 누가 다운받았는지는 알게 되었으니 새벽 님 어머님 컴퓨터에 접속할 필요는 없겠어요.”

“그럼 엄마 컴퓨터에 원격 제어 프로그램 설치할 필요도 없어진 거죠?”

이렇게 물으면서 정새벽은 속으로 안도의 한숨을 쉬었다. 원격 제어 프로그램을 통해 엄마 컴퓨터를 몰래 들여다보려던 계획 자체가 취소되었기 때문이다. 아무리 범인을 잡기 위해서라고 해도 정새벽은 마음 한구석이 계속 불편했었다.

“네, 설치하지 마세요. 마음이 급해서 무리한 부탁을 했어요. 새벽 님 죄송해요.”

포스캣의 사과를 들으니 당황스러우면서도 한편으로는 다행이라는 생각이 들었다. 정새벽이 천천히 입을 열었다.

“아, 포스캣 님. 저기…… 그렇게 말해 줘서 마음이 편해졌어요.”

정새벽의 느릿한 말에 포스캣이 답했다.

“이해해 줘서 저도 고마워요. 일단 고양이 추적은 그냥 우리 야옹회끼리만 진행하는 게 좋겠어요.”

“아, 저도 새벽 님에게 얼마나 무리한 일이었을지 미처 생각을 못 했네요. 알려 줘서 감사해요.”

고예나의 말을 끝으로 잠시 조용해졌다. 어색한 침묵을 깬 것은 유보라였다.

“우리가 할 일은 이제 여기까지인가요? 저것들이 내일 또 다른 곳에서 고양이를 납치할 수도 있잖아요.”

유보라의 질문에 포스캣이 답했다.

“공터에 설치한 센서랑 카메라는 그대로 두죠. 그쪽에서 다시 찾아올 수도 있으니까요. 잠시만요, 지금까지 모인 정보들 취합해서 공유 폴더에 업로드할게요.”

얼마 지나지 않아 알림 소리와 함께 공유 폴더에 새로운 파일이 올라왔다. 정새벽은 포스캣의 속도에 감탄하며 재빨리 파일을 열었다.

‘시현동 고양이 납치 사건’이라는 큰 글씨를 중심으로 큐어힐, 마이큐어, 스마트시현 앱, 가상 현실 쇼핑몰, 뇌파 안정 서비스, 베타테스트 등 여러 키워드가 방사형으로 연결되어 있었다. 지금까지 나눈 이야기들을 이미지와 영상, 기사 링크 등으로 연결해 만든 거대한 관계도였다. 포스캣이 인공 지능 분석 프로그램으로 큰 틀을 잡았지만 정새벽은 자신만의 추적 지도를 만들어야겠다고 생각했다. 뭔가 놓친 것들, 연결되지 못한 단서들이 있다면 자신이 찾아내고 싶었다. 관계도를 이리저리 돌려보고 있는데 포스캣의 목소리가 들렸다.

“이제 집에 거의 도착했어요. 센서나 카메라에 뭔가 잡히면 바로 공유할게요.”

“그럼 다들 새로운 소식 들어오면 야옹회 채팅방에 메시지 남기기로 해요. 야옹!”

“냐옹!”

유보라의 말에 이어 정말 고양이 소리가 들렸다.

“앗, 혹시 소리예요?”

정새벽이 들뜬 목소리로 묻자 유보라의 비디오 창이 열리면서 반가운 얼굴이 보였다. 소리가 카메라를 향해 동그란 발을 뻗었다. 유보라가 깃털 장난감을 흔들자 소리는 깃털을 따라갔다가 다시 유보라에게 폴짝 뛰어올라왔다.

“소리야, 인사해.”

“소리는 잘 지내요?”

“냐옹!”

포스캣의 질문 바로 뒤에 소리의 대답이 이어지자 모두가 소리 내서 웃었다.

"그래, 소리 인사도 하네. 귀여워라. 그럼 오늘 야옹회 끝! 다들 잘 자요, 야옹!"

"야옹!"

"야옹!"

포스캣이 고양이 추적단, 야옹회의 첫 번째 모임을 끝내며 인사하자 다들 "야옹"을 외치며 헤어졌다.

야옹회는 헤어질 때도 "야옹" 하고 인사한다는 걸 따로 알려 주지 않았지만 유보라와 고예나는 처음부터 야옹회였던 것처럼 자연스럽게 "야옹"을 외치며 인사했다. 야옹회 채팅방 접속자는 이제 정새벽 혼자였다. 일주일 만이었고 화면 너머로 잠시 인사를 나눈 것 뿐이었지만 소리를 다시 만날 수 있어 기뻤다. 정새벽은 웃음기 가득한 얼굴로 귀에서 이어폰을 빼고 채팅방을 나왔다.

"하암."

긴장이 풀어진 정새벽에게 그제야 졸음이 쏟아졌다. 해가 뜨고 있었다. 정새벽은 창문을 바라보며 살짝 눈을 찌푸렸다. 피곤 때문에 눈이 시큰했지만 아침 해가 빛으로 보내는 인사가 마음에 들었다. 방에 돌아와 자리에 누운 정새벽은 새벽에 있었던 모험을 머릿속으로 돌이켜 보았다. 터널 안을 달리다 밖으로 나온 것처럼 기분도 마음도 상쾌했다. 포스캣과 유보라, 고예나는 성격도 취향도 말투도 나이도 하는 일도 모두 제각각이었지만 함께 모인 모습이 잘 어울렸다. 그런 사람들과 야옹회에서 또 같이 만날 수 있다고 생각하니 마음이 설렜다.

'다음 모임은 어떨까?'

생각을 뻗어 가다가 정새벽은 그대로 잠이 들었다.

추적의 시간

[포스캣] 야옹! 오늘은 야옹회 정기 모임은 아니지만 함께 볼 것들이 있어서 여러분한테 알람을 보냈어요. 다들 시간 괜찮아요?

[Bora.U] 야옹! 오늘 원격 수업이라서 계속 집에 있었어요.

[새벽] 야옹! 우리도 원격 수업. ㅋㅋㅋ

[포스캣] 나는 오늘 휴가. ㅋㅋㅋ 그래서 고양이 납치범 추적에 힘을 좀 썼죠. 아까 고예나 님한테 고양이들이 검사받는다는 메시지가 와 있던데, 어떻게 된 거예요?

[Bora.U] 안 그래도 저도 그 메시지 보고 바로 전화해서 물어봤어요. 들어 보니까 다행히 홍이랑 까미, 둘리한테 특별한 외상이나 흔적 같은 것들은 없고

건강도 매우 좋은 상태라고 해요. 포스캣 님이 고양이 집회 장소에서 수집한 고양이 칩 기록을 보내주셨잖아요? 병원에서 확인해 봤는데, 큐어힐에 잡혀갔다가 풀려난 아이들은 모두 이미 중성화가 끝난 애들이더라고요.

[포스캣] 그럼 중성화 때문에 애들을 데려간 것은 확실히 아니군요.

[Bora.U] 네. 근데 선생님이 홍이랑 까미, 둘리한테 나노칩이 있으니 좀 더 검사해 보고 싶다고 하셔서 기다리는 중이에요. 끝나면 예나 언니도 바로 야옹회로 접속할 거예요.

[새벽] 그럼 이따 고예나 님에게 들으면 되겠어요. 이상 없이 건강해야 할 텐데…….

[포스캣] 그럴 거예요. 의사가 건강하다고 했으니까 별일 없을 거예요.

[Bora.U] 그래야죠. 근데 우리 지난 잠복 수사 이후에 새로운 소식 있나요?

포스캣은 대답 대신 채팅창에 파일을 하나 전송했다.

정새벽이 파일을 열어 보니 고양이 집회가 열린 날짜와 시간, 그리고 집회에 참여한 고양이들의 주파수 기록들이 고양이 집회 지도를 중심으로 서로 복잡하게 연결되어 있었다. 포스캣은 여러 번의 화면 전환을 통해서 정새벽과 유보라가 알아보기 쉽도록 연결점을 정리했다.

정새벽이 열심히 연결점을 살펴보고 있는데 포스캣이 그룹 음성 채팅을 요청했다. 정새벽은 승인 버튼을 눌렀다.

유보라까지 음성 채팅에 참여한 것을 확인하자 포스캣이 설명을 시작했다.

"고양이들의 주파수 기록과 고양이 집회가 열리는 장소를 보면 이 둘은 연관성이 아주 미미해요. 오히려 날짜가 중요하죠. 집회에 참여한 고양이 주파수의 패턴은 안정적인 상태를 보여 주는 것이 대부분인데, 날짜에 따라서는 상태가 변했거든요."

"주파수 상태를 변하게 만든 시점이 따로 있었다는 말씀인가요?"

정새벽이 안정적인 패턴과 다른 모양으로 기록된 고양이 주파수 그래프에 동그라미를 치면서 물었다.

"맞아요. 고양이들 주파수가 변한 기록이 존재해요. 그래서 저번처럼 메타룩스와 스마트시현 앱의 공개 정보를 불러와서 주파수 패턴이 달라졌을 때의 날짜와 연결지어 봤어요."

정새벽은 포스캣의 말을 들으며 고양이들 주파수의 패턴 변화를 고양이 집회 대입 이전과 이후로 나누어 볼 수 있었다. 그래도 포스캣의 분석을 바로 따라가기는 어려웠다.

"고양이 주파수가 변한 게 메타룩스랑 어떤 관련이 있는 거죠?"

포스캣은 유보라의 질문에 야옹회 공유 폴더에 접속해 '시현동 고양이 납치 사건' 폴더를 열었다. 이 폴더 안에는 고양이 추적단 활동이 타임라인으로 정리된 파일이 있다. 멤버들이 쉽게 이전 내용을 확인할 수 있도록 포스캣이 특별히 만든 파일이었다.

포스캣은 파일을 열고 납치범을 확인했던 날짜를 선택했다. 가지런히 정렬된 음성 파일 중 하나를 화면에 띄운 후에 포스캣이 말했다.

"우리가 지난주 미당 공원에서 기록한 음성에 고양이

주파수 패턴이 변한 시점에 대한 단서가 있어요. 음성을 텍스트로 변환한 파일 띄울게요."

잠시 변환 프로그램이 돌아가더니 공유 화면 중앙에 새 창이 열렸다.

[음성1] 하, 저번처럼 기다려야 되나?

[음성2] 아니야. 팀장이 다음 구역에서 바빠질 거라고 오늘은 적당히 마무리하랬잖아. 어차피 3일 후에 다른 구역에서 또 시작할 거니까. 오늘 안 되면 다음에 하지 뭐. 어차피 팀장도 우리한테 맡기고 퇴근했잖아. 그냥 오늘은 리턴만 하고 가자.

[음성1] 그래도 되는 거야?

[음성2] 괜찮아. 다른 그룹 애들처럼 우리는 엉뚱한 구역에 리턴한 적도 없잖아. 저번에 다른 구역에 리턴한 애들 때문에 못 보던 고양이들이 와서 영역 다툼 한다고 그쪽 동네에 민원 엄청 들어왔다더라? 팀장이 민원에 엄청 신경 쓰는 거 알지?

"3일 후에 '다른 구역'에서 '또' 시작한다? 3일 간격으로 구역을 옮기는 모양인데, 큐어힐은 왜 고양이들을 납치하고 3일 간격으로 풀어 주는 걸까요?"

포스캣의 음성과 함께 '3일 후에 다른 구역에서 또 시작'이라는 구절에 밑줄이 그려지더니 곧이어 메타룩스 구역에 '3일 주기? 3일 후에 또 시작?'이라는 글자가 입력되었다. 공유 화면에 포스캣이 입력하는 내용을 조용히 살펴보던 유보라가 물었다.

"큐어힐이 고양이를 납치했다가 풀어 주는 건 메타룩스와 관련이 있다고 했으니까, 3일의 주기에서 메타룩스에 어떤 일정이 있었는지를 확인하면 알 수 있지 않을까요?"

"거의 다 왔어요."

유보라의 질문에 포스캣이 답하자 정새벽의 머릿속에 번개같이 떠오르는 이미지가 있었다.

'메타룩스와 스마트시현 앱은 가상 현실 서비스로 연결되어 있잖아?'

정새벽이 재빨리 외쳤다.

"스마트시현 앱 업데이트 날짜랑 가상 현실 쇼핑몰!"

"빙고!"

포스캣이 손가락을 튕겨 소리를 내고는 이어서 박수를 쳤다. 무언가 잘 맞아떨어졌을 때 포스캣이 하는 버릇이었다.

공유 화면에 스마트시현 앱의 업데이트 날짜와 내역이 주르륵 정렬되었다. 스마트시현 앱은 업데이트가 잦은 편이었다. 가상 현실 쇼핑몰 버그 관련 업데이트라는 설명이 대부분이었지만 그렇다 해도 최근 들어 업데이트가 더 빈번하게 일어났다. 포스캣이 설명을 시작했다.

"가상 현실 접속할 때 필수로 이용해야 하는 뇌파 안정 서비스 기억나죠? 업데이트를 이렇게 자주 하는 이유가 뇌파 안정 서비스와 관련 있는 게 확실해요. 쇼핑몰 버그 목록에 보면 '안정성 구현을 위한 오류 해결'이라는 말이 반복적으로 나오잖아요? 앱에서 구동하는 가상 현실 서비스를 찾아보니 이렇게 오류 업데이트를 자주 할 정도라면 애초에 앱이 제대로 돌아가지 않았을 거라는 결론이 나와요."

업데이트 내역 목록을 살펴보던 정새벽은 자신도 모르게 헛웃음을 쳤다. 포스캣의 말대로 복사해서 가져다 붙인 것처럼 같은 내용만이 반복해서 이어졌다. 정새벽이 입을 열었다.

“가상 현실 개발 업체로서 메타룩스가 공들인 것은 쇼핑몰 그 자체가 아니었어요. 사람들이 뇌파 안정 서비스를 쓰면서 가상 현실에 접속할 때, 무슨 작용이 일어나는 것 같아요. 메타룩스가 원하는 방향으로요.”

정새벽은 포스캣에게 질문하면서 자신이 검색했던 기사를 공유 화면에 붙이고는 말을 이었다.

“포스캣 님이 올려 준 관계도를 바탕으로 연관성 있는 자료들을 모았어요. 그러다가 메타룩스와 관련된 기사들, 특히 회사를 홍보하는 기사를 찾아봤더니 공통적으로 겹치는 기술이 있더라고요.”

정새벽은 공유 화면에 ‘국내 기술로 여는 뇌파 제어 시스템의 쾌거’라는 제목의 기사를 올렸다.

유보라는 정새벽이 공유한 기사를 꼼꼼히 읽어 보았다. 기사는 3년 전에 쓰인 것으로 메타룩스가 보유한 뇌파 제어 특허와 앞으로의 성장에 관한 내용이었다. 프로젝트 참여자들의 단체 사진 속에는 많은 사람이 찍혀 있었다. 그중 유독 한 명이 유보라의 눈에 띄었다. 잠시 화면이 흔들려 보일 정도로, 유보라의 머리가 순간 지끈했다.

"저기 단체 사진에서, 셋째 줄 오른쪽 끝에서 두 번째……."

유보라의 말끝이 뭉개졌다. 포스캣은 상황이 심상치 않다는 것을 알아차렸다.

"이 사람 왜요, 아는 사람이에요?"

"마이큐어 동물병원 부원장이에요."

힘없이 대답하는 유보라의 목소리에 정새벽과 포스캣이 동시에 외쳤다.

"마이큐어?"

달라진 고양이들

"메타룩스 프로젝트에 마이큐어 부원장이? 왜?"

정새벽이 되묻자 유보라가 답했다.

"이때는 부원장이 아니었나 봐요. 뇌파 실험 총괄자라고 나와 있어요."

"뇌파 실험 총괄이라니, 그럼 메타룩스랑 마이큐어는 이미 전부터 관련이 있었다는 소린데?"

정새벽이 혼잣말로 중얼거리다 유보라에게 말했다.

"마이큐어가 길고양이를 마구잡이로 포획해서 불법 중성화 수술을 했지만 담당자가 눈감아 줘서 지역 위탁 업체를 계속 할 수 있다고 그랬죠? 그런 마이큐어가 큐어힐이라는 회사를 가림막으로 세웠고, 오랜 협업 관계였던 메타룩스가 스마트시현 앱의 가상 현실 서비스를 맡았다는 거잖아요."

정새벽의 말을 다 듣고 나서 유보라가 되물었다.

"고양이 납치는 스마트시현 앱과 관련이 있는 게 분명하다는 거네요. 그런데 가상 현실 접속 시스템과 고양이라…… 대체 무슨 상관일까요?"

"메타룩스가 했던 뇌파 실험 총괄이 마이큐어 관계자인 것을 단서로 한번 정리를 해 보죠. 우선 동물 관련한 특허랑 메타룩스가 겹치는 지점을 검색 프로그램에 넣어 봐야겠어요. 특허권 열람 중이에요. 잠시만 기다려요."

말을 마친 포스캣이 검색을 시작했다. 포스캣은 다양한 질문들을 만들어 인공 지능 검색 프로그램에 넣었다. 유보라는 공유 화면을 통해 포스캣의 작업을 구경했다. 엄청난 속도로 정렬되었다가, 닫혔다가, 다시 열리며 제각각 움직이는 작업 창을 보니 입을 다물 수 없었다. 그때, 포스캣이 입을 열었다.

"메타룩스의 뇌파 제어 특허가 있긴 한데, 민사에서 특허 미확정 판결로 나와요. 특허를 신청했지만 확정받지는 못했다는 뜻이죠."

포스캣의 말에 정새벽이 말을 이었다.

"마이큐어와 함께 뇌파 제어 연구를 하고 특허 신청한 거니까 동물 실험과 연관이 있지 않을까요?"

"맞아요. 그래서 동물과 관련해서 뇌파 제어와 특허를 키워드로 비슷한 사례가 있는지도 찾아봤어요. 그러면서 고양이와의 관련성을 검색어로 추가했더니 예상 밖의 이야기가 전개됐어요."

정새벽의 질문에 답하며 포스캣이 말을 이었다.

"고양이의 퍼링(purring), 그러니까 골골송이 운동선수들의 멘탈 훈련이나 심리 치료에 사용된대요. 고양이의 주파수가 뇌파를 안정적으로 만든다는 거죠. 여기서 착안해서, 사람의 불안을 가라앉히고 치유하는 특정 패턴의 주파수를 전기 신호로 인공적으로 추출하기도 한다네요."

"그럼 납치한 고양이들한테서 골골송을 만들었다는 거예요? 기계로 얼마든지 만들 수 있지 않아요?"

정새벽의 질문에 포스캣이 말을 이었다.

"뇌파를 제어할 수 있는 신호를 기계로 만들 수 있다면, 고양이를 납치하지는 않았을 거예요. 지금 상황에서는 골골송이 납치 동기라는 것만 알겠어요. 큐어힐이 고양이를 방생하는 날짜 전날로부터 대략 3일 후에 스마트시현 앱이 업데이트를 하는데, 그때 골골송과 관련된 무언가를 앱에 업데이트시키는 것 같아요."

"정리해 보면, 뇌파 안정 서비스에 골골송을 사용한 거고, 이걸 스마트시현 앱의 가상 현실 쇼핑몰 서비스에 업데이트시켰다는 거네요. 뇌파 안정 서비스는 가상 현실 접속 상태를 제어하는 시스템. 맞죠?"

정새벽의 질문에 포스캣의 박수 소리가 들렸다.

유보라는 포스캣과 정새벽이 자료들을 서로 연결하며 정보를 배열하고 연관성을 분석하는 속도가 버거웠다. 그러나 아이러니하게도 두 사람 덕분에 조급하지 않고 마음이 편했다.

처음에는 고양이 집회 지도를 자랑스럽게 말하던 정새벽이 맘에 들지 않았다. 고양이를 이용하려는 사람 같았다. 그렇지만 야옹회가 끝나고 몇 번의 채팅을 주고받으며 생각이 바뀌어 갔다. 점보를 만난 후로 고양이 사료를 챙기는 엄마에 대한 이야기, 소리에게 '딸기'라고 이름을 지어 주고 혼자 설렜다는 이야기를 스스럼없이 터놓는 정새벽은 꽤 괜찮은 사람이었다. 게다가 지금처럼 사건 해결에 누구보다 적극적으로 뛰어드는 모습을 볼 때면 자신이 정새벽을 오해했다는 확신이 들었다.

유보라가 골골송과 관련된 기사를 열어 보던 그때, 고예나에게 야옹회에 곧 접속한다는 메시지가 도착했다.

"예나 언니 지금 들어온대요! 결과 나왔나 봐요."

고예나가 온다는 말에 포스캣은 원격 제어 모드를 열었고 동시에 고예나에게 음성 채팅 요청을 보냈다. 알림창이 고예나의 입장을 알렸다. 음성 채팅 아이콘이 몇 번 더 깜박이고 나서야 고예나의 목소리가 들렸다.

"야옹! 오래 기다리셨죠?"

"야옹! 어서 와요!"

"야옹!"

인사말을 외치면서 정새벽은 다시 한번 달라진 야옹회의 공기를 느꼈다. 두 명이 더 들어왔을 뿐인데도 어쩐지 포스캣과 둘이만 할 때와는 다른 활기가 느껴졌다. 정새벽은 북적이는 분위기가 마음에 들었다.

공유 화면으로 보이는 고예나의 화면 속에서 파일이 몇 번 열렸다 닫혔다 하더니 순식간에 자료들이 야옹회 공유 폴더에 올라왔다. 공유 화면은 다시 포스캣의 화면으로 바뀌었고 포스캣은 고예나가 가져온 고양이들의 검사 자료를 분석 프로그램에 입력했다. 잠시 후, 어느 정도 마무리가 되었는지 포스캣이 말했다.

"제가 정리를 좀 해 봤는데 화면 같이 봐요."

"네!"

고예나의 힘찬 대답에 다들 웃었다. 포스캣도 웃으며 말을 이었다.

"파일마다 고양이들 이름을 표시해 주셔서 더 잘 알아볼 수 있었어요. 여기 보면 홍이, 까미, 둘리, 이렇게 차례대로 나와 있어요. 칩에 기록된 것과 병원에서 측정한 것을 평균치로 보여 주고 있고요."

"아, 말씀 중에 죄송해요. 선생님은 아이들이 외상은 전혀 없고 지난 검사 때와 상태도 다르지 않다고 해 주셨어요. 그런데 좀 이상한 점이 있다고 하셨는데, 특정 상황에서 홍이 뇌파가 반응을 보였다는 거예요."

"어떤 상황이요?"

"어떤 반응이요?"

고예나의 말이 끝나기가 무섭게 정새벽과 유보라가 동시에 물었다. 고양이들에게 무슨 안 좋은 변화라도 생기지는 않았는지 걱정이 많은 둘이었다.

고예나가 약간 당황한 목소리로 다시 입을 열었다.

"병원에 계신 다른 선생님이 스마트시현 앱을 켰고, 뇌파 안정 서비스를 사용했어요. 가상 현실 쇼핑몰에서 뭘 구매하려고 했다고 하더라고요."

"그때 홍이 뇌파가 반응을 보인 건가요?"

포스캣이 차분히 물었다.

"네, 그때 홍이가 뇌파 검사를 하고 있었거든요. 뇌파가 갑자기 변했대요. 처음엔 이유를 못 찾았는데, 가상 현실 쇼핑몰을 종료하니까 원래 패턴을 찾았다는 거예요. 그래서 뇌파 안정 서비스가 영향을 준 것 같다고 하시더라고요. 선생님 말에 따르면 뇌파가 변했을 때 홍이 상태가 반수면 상태와 비슷하다고 했어요. 반수면 상태일 때는 의식과 무의식의 경계에 있기 때문에 당사자는 자신도 모르게 어떤 행동을 할 수도 있다네요. 예를 들면, 잠꼬대 같은?"

"그럼 반수면 상태라면 외부에서 뇌파를 제어할 수도 있는 건가요? 당사자가 자기도 모르게 외부의 의도대로 행동을 할 수 있다든가 그런 거요."

정새벽의 물음에 고예나가 답했다.

“외부의 의도대로 행동을 하게끔 조종한다는 뜻인가요? 선생님이 그렇게까지 말하지는 않았어요. 다만 스마트시현 앱에서 가상 현실 쇼핑몰을 실행할 때마다 홍이 뇌파의 파동이 변했고, 홍이가 골골송을 냈어요. 우리 귀에 잘 들리지 않지만 분명 가청 주파수가 달라졌다고 했어요. 큐어힐에 납치되기 전에는 그런 적이 없었대요.”

“큐어힐에서 고양이들한테 무슨 짓을 한 걸까?”

조금 울먹이는 목소리로 유보라가 물었다. 고예나가 그런 유보라를 위로했다.

“변화가 있긴 했지만 외상도 없고 행동 검사도 모두 이전과 같았어. 너무 걱정하지 마.”

고예나의 말이 끝나자 정새벽도 말을 이었다.

“네. 세 마리 모두 이상이 없고 건강하다고 하니까 다행이에요. 그래도 주파수를 보면 분명 변화가 있는 거잖아요. 우리가 더 지켜봐야겠어요. 다른 고양이들도 확인하고요.”

“맞아요. 고양이가 원해서 주파수가 변한 게 아니잖아요. 눈에 보이는 외상만이 상처는 아니에요. 외부 자극으로 이전과 달라졌다면, 눈에 보이지 않더라도 그건 일종의 폭력이에요. 고양이 납치 사건은 가상 현실의 원활한 접속을 위해 고양이에게 새로운 형태의 폭력을 가한 거라고밖에 설명이 안 되네요."

정새벽과 포스캣의 말을 들으며 유보라는 '폭력'이라는 부분에 깊이 공감했다. 포스캣이 한숨을 쉬고는 다시 말을 이었다.

"그럼 일단 다음 자료로 넘어갈게요. 뇌파와 골골송의 파동은 세 마리가 서로 달랐지만 모두 비슷한 변화를 보였어요."

"주파수가 변했다는 말이죠?"

"네. 그래서 고양이가 공원에서 보였던 마지막 시기로부터 큐어힐에서 있었던 기간을 역으로 계산해서 기간을 살펴봤어요."

"큐어힐이 납치했다가 풀어 줬을 때를 기점으로 주파수가 변했군요?"

유보라의 질문에 포스캣이 답했다.

"맞아요. 메타룩스에는 뇌파 제어 기술이 있죠. 종합해서 추측해 보자면 외부 자극을 줘서 고양이들이 특정 상황에서 메타룩스가 원하는 주파수, 그러니까 골골송을 내도록 만들지 않았나 싶어요."

마이큐어, 큐어힐, 메타룩스는 한통속으로 원하는 것을 얻기 위해 고양이들을 납치하고 실험한 것이다.

"아! 진짜 고양이들한테 그만 좀 해!"

유보라가 소리쳤다. 화가 치솟아 폭발해서 나오는 고함이었다. 유보라가 거칠게 몰아쉬며 숨을 고르는 동안에도 다들 말이 없었다. 침묵을 깨고 포스캣이 입을 열었다.

"지금까지의 정보를 정리하면서 가설을 세워 볼게요. 메타룩스는 어떤 경로인지는 모르겠지만 고양이 주파수를 가상 현실 접속에 활용하고 있고, 이를 수집하기 위해서 큐어힐을 통해 고양이를 납치해 왔어요."

포스캣의 말이 끝나자 침묵이 이어졌다. 모두들 아까부터 할 말을 잃어버렸다. 이들의 예상보다 거대한 일이 벌어지고 있었다. 고양이를 구해야 했다. 지금도 다른 지역에서 고양이들이 납치되고 있을지 몰랐다. 하지만 지금 상황에서는 이전과 주파수 반응이 다르다는 사실만을 데이터로 확보했을 뿐이라 조심스러웠다. 납치

후 돌아온 고양이들이 이전과 어떻게 달라졌는지에 대해서도 면밀한 추적 관찰이 필요했다. 확실한 것은 관련 업체들과 시현동 지역 담당자들이 복잡하게 얽혀 있어 이들 네 명의 손만으로는 어찌할 수 없는 큰 사건이라는 것이었다. 다들 각자의 생각에 빠져 고민하고 있을 때 정새벽이 제안했다.

"우리가 할 수 있는 일들을 하나씩 모아 보면 어떨까요?"

"좋아요. 저는 미당 공원에 왔던 납치범들 대화가 걸려요. 3일 후에 다시 시작이라고 했고, 다음 구역에서 또 바빠질 거라고 했잖아요. 아직 여유가 있으니 그동안 뭘 할 수 있을지 잘 살펴서 납치범들이 다음 구역까지 찾아가지 않게 해요."

고예나의 말에 유보라가 뒤를 이었다.

"내일부터 스마트시현 앱 게시판에 글을 올리고 동물복지 분과 담당자에게 문자든 음성이든 채팅을 걸어서 민원을 넣으면 어때요?"

"좋은 생각이에요. 그런데 우리가 업체 이름을 공개할 수는 없어요. 누군가를 특정해서 온라인 공간에 올리면 그쪽에서 우리를 고소할 수 있거든요."

포스캣의 말에 유보라는 지난 자신의 경험을 꺼냈다.

"맞아요! 전에 1인 시위 하고 민원 넣고 할 때, 고양이 기록자 구독자 중 변호사가 계셨는데 공개적인 자리에서 누군가를 특정하는 것은 조심하라고 알려 주셨어요."

정새벽은 유보라와 고예나가 고양이 지킴이 활동가들과 함께 마이큐어를 TNR 위탁 업체에서 해약시키기 위해 1인 시위를 했다는 이야기를 떠올렸다. 해결해야 할 문제가 있을 때, 옳은 방향으로 문제를 해결하려고 하는 사람들이 분명 존재한다. 하지만 모두가 그런 건 아니다. 누군가는 문제 자체를 문제가 아닌 것처럼 만들어 버리기도 한다.

'만약에 많은 고양이를 싼 가격으로 빠르게 중성화 수술시키려 하고, 고양이의 고통은 중요하지 않은 사람들만 주위에 가득했다면 유보라와 고예나, 고양이 지킴이 활동가들이 1인 시위를 할 수 있었을까?'

정새벽은 생각이 여기까지 미치자 소름이 돋으면서 몸이 부르르 떨렸다. 문제를 해결할 방법을 찾는 것만큼 중요한 건, 누구와 함께하고 있냐는 것이었다.

“업체를 특정하지 않고 사람들에게 상황을 알릴 수 있는 방법이 뭐가 있을까요?”

“현재 이런 일들이 벌어지고 있다는 신고의 개념이 좋겠어요. 언론을 통해서 사람들이 어떤 관심을 보이는지를 파악할 수 있으니까 저는 지역 관련 소식을 올려 주는 기자 분께 연락해 볼게요. 회사 보도자료 때문에 친분이 있는 분인데 자료만 보내도 달려들 거예요. 그런 분이거든요. 만약 기사가 나왔는데도 사람들의 반응이 없다면 다른 방식을 찾아 봐야 해요.”

정새벽의 질문에 포스캣이 답하자 고예나도 흔쾌히 말했다.

“그러면 저도 연락해 볼 기자님 알아요. 예전에 1인 시위 할 때 알게 된 기자님이거든요. 그분한테도 메일 보낼게요.”

“여러 군데에서 나오면 더 좋겠네요! 그럼 기사가 뜨는 대로 민원을 넣죠.”

“알겠습니다. 포스캣 님이랑 보라는 준비되면 이곳에 알려 주세요. 기사 나오면 저도 같이 민원 넣어 줄 만한 분들한테 미리 연락해 놓을게요.”

포스캣의 말에 고예나가 답했다.

“근데 민원은 어디에 넣으면 될까요? 민원을 넣어 본 적이 한 번도 없어요.”

정새벽의 질문에 고예나가 말했다.

“시현동 주민센터 온라인 페이지, 그리고 스마트시현 앱 게시판이 좋겠어요.”

“네, 그러면 되겠어요. 참, 그러면 보라 님은 채널에도 올릴 건가요?”

포스캣이 유보라에게 물었다. 아무래도 유보라 영상 채널의 구독자가 많으니 공론화를 진행할 때 파급력이 있지 않을까 생각하던 참이었다. 그러나 유보라는 ‘고양이 기록자’ 영상 채널에 대해서는 조심스러웠다.

“구독자분들 중에 고양이 지킴이 그룹에 계신 분들도 있어서 그분들께 먼저 물어봐야 할 것 같아요. 지금은 저 혼자만의 채널이라고는 할 수 없어서요. 그래도 시현동에서 활동하시는 분들 중심으로 연대할 수 있을 것 같아요. 지역 뉴스에서 기사가 나온다면 그걸로 함께 민원을 넣으면 되니까요.”

“좋아요. 그럼 최대한 빨리 준비하고 기사 나오는 대

로 다시 만나요."

네 사람은 동시에 "야옹!"을 외치고 흩어졌다.

야옹회에 참여하는 동안 정새벽과 포스캣, 유보라와 고예나는 공유 화면을 넘나들며 각자의 온라인 공간을 빠르게 오고 갔다. 복잡하고 어려웠지만 다 함께 단서를 정리하면서 공유 폴더에서 서로의 기록을 주고받았다. 네 사람은 온라인에서도 든든한 같은 편이었다. 정새벽은 야옹회 페이지를 닫았다.

이제 현실에서의 싸움이 기다리고 있다.

지역 게시판에 민원을 넣어 본 적은 한 번도 없었기에 정새벽은 어쩐지 이번 일이 자신에게 잊지 못할 커다란 도전이 될 것 같았다. 두렵기도 했지만 야옹회와 함께하고 있어서 용기가 났다.

심호흡을 하며 정새벽은 메타룩스와 큐어힐, 마이큐어와 스마트시현 앱 사이의 관계도를 다시 한번 짚어 봤다. 포스캣이 만들어 준 관계도에 정새벽은 이익 관계로 연결된 각 업체의 특성을 정리해 가며 자신만의 그림을 그려 나갔다. 함께 봤던 자료들을 정리해서 시현동 고양이 납치 사건 분석도에 붙여 넣자 뇌파 안정 서비스 영역에 고양이들의 골골송이 연결되었다. 그리고 이 골골송은 다시 스마트시현 앱 가상 현실 쇼핑몰과 연결되었다. 화면을 이리저리 움직이며 분석도를 살펴보던 정새벽은 이곳에서도 신호를 발견했다. 서로를 끌어당기고 연결되는 신호들.

그러나 여기에는 원치 않지만 억지로 연결된 신호들이 있었다. 심지어 신호의 주인은 그 신호를 스스로 내보내지도 않았다. 바로 고양이들이었다.

정새벽은 관계도 옆에 고양이 아이콘을 붙이고 스마트시현 앱의 아이콘을 이어 서로 연결선을 만들었다. 그리고 그 옆에 커다란 물음표를 그려 넣었다.

고양이들을 한 덩어리로 묶고, 고양이를 납치하고 이용하던 그룹을 한 덩어리로 묶었다. 각각의 덩어리를 다른 색으로 표시하자 이 그룹과 연결된 선들이 정새벽에게 새로운 의미로 다가왔다. 결코 섞이지 않을 신호였다.

스마트시현 앱의 여러 서비스가 현실에서도 연동되는 스마트 시티 시현동. 시현동이 스마트 시티가 된다는 것은 그저 그들의 일상을 살고 있을 뿐인 고양이들에게 어떤 의미일까? 칩 이식과 중성화 수술, 전기 신호로 생활 구역을 이동하게 하는 인위적인 제어. 모두 사람을 위한 것일 뿐, 고양이를 위한 것은 아니다.

정새벽은 갑자기 궁금해졌다. 고양이들은 시현동과 사람들을 어떻게 생각하고 있을까? 고양이들 머리 위로 말풍선이 떠올라 알려 주면 좋겠다는 생각을 했지만, 웃음보다는 얕은 한숨이 나왔다.

함께 걷기

길고양이 불법 포획 관련자들을 시현동 경찰서에서 조사 중이다. 처음 이들을 고발한 동물 보호 단체 애니세이프에 따르면 영상 채널을 공동 운영하고 있는 '고양이 기록자', '고고탐정', '시현동 고양이 지킴이 그룹'은 지난 6개월 동안 시현동 길고양이들이 불법으로 포획되는 일련의 사건이 발생하고 있다는 것을 파악하고 공조를 통해 이를 추적해 왔다.

고양이 기록자 운영진은 미당 공원에서 목격된 고양이 방생 현장을 증거로 추적·고발에 속도를 낼 수 있었다고 밝혔다. 미당 공원에서의 현장 증거를 제공한 데이터 분석 연구소는 시현동에 위치한 공원을 중심으로 공간 데이터를 수집하던 중에 해당 증거를 우연히 포착했다고 밝혔다.

고양이를 방생하는 현장에 있었던 해당 업체는 3년 전, 불법 중성화 수술로 TNR 위탁 업체에서 해약된 업체의 계열사인 것으로 알려져 이번에도 같은 이유로 불법 포획이 벌어진 것은 아닌지에 조사를 집중하고 있다. 또한 이 업체는 스마트시현 앱에 입점한 가상 현실 쇼핑몰을 운영하는 가상 현실 시스템 업체와 6개월 전에 기술 협약을 맺은 것으로 알려져 스마트시현에 등록을 앞둔 서비스 업체들의 입점 과정에 대해서도 조사가 진행될 예정이다.

애니세이프는 지역에서 활동 중인 동물 보호 단체, 지킴이 그룹과의 연대를 통해 지자체와 기업 등, 외부 조력과 지원 없이 자발적인 연대원들의 참여 아래 자체적으로 운영해 온 동물 보호 단체이다. 이번 사건은 '길고양이와 함께 살기' 프로젝트를 진행하며 스마트 모범 사례로 선정된 시현동에서 조직적으로 발생했기 때문에 주민들은 물론이고 동물 보호 단체 내부에서도 충격이 크다. 길고양이 불법 포획 사건 고발을 통해 스마트시현 서비스 입점 비리까지 추측이 난무하고 있으며, 주민들의 민원이

빗발치고 있는 상황이다. 스마트 시티 시범 운영 기간 종료를 앞두고 정식 등록을 기다리고 있는 시현동의 행보에 관심이 집중된다.

"주민들의 민원이 빗발치고 있는 상황이다."

정새벽은 외울 정도로 여러 번 읽은 기사를 이번엔 소리 내서 읽어 보았다.

'빗발치는 민원 중에 한 명이 바로 나다!'

그렇게 생각하자 정새벽은 자기도 모르게 웃음이 나왔다. 고양이 기록자, 고고탐정의 이름을 보며 아는 사람이 기사에 나온 것이 신기하고 재미있었다. 사람들이 야옹회의 존재를 아는 것이 꺼려지긴 했지만 기사에 야옹회 이름이 있었어도 멋졌겠다는 생각도 들었다. 기사를 다시 훑어보던 정새벽의 눈이 멈췄다.

'고양이를 방생하는 현장에 있었던 해당 업체.'

정새벽은 야옹회 멤버들과 고양이 납치범을 추적하던 시간을 떠올렸다. 고양이 납치범들과 관련자들은 아직 조사 중이고 사건은 어떤 결과를 맺을지 알 수 없었지만 정새벽은 연대의 힘이 어떤 것인지 직접 알 수 있었다. 고양이 납치범을 잡아야 한다고 했을 때, 그건 말만이 아니었다. 야옹회는 고양이 추적단이 되어 고양이를 지키기 위해 끊임없이 움직였다.

혼자였다면 할 수 없었을 일들을 함께여서 할 수 있었다. 이번 일은 모두 야옹회 덕분이었다.

고양이 기록자 영상 채널을 통해 서로의 활동을 알고 교류하던 단체와 그에 속한 사람들, 애니세이프 동물보호 단체의 활동가들이 아이디어를 모았다. 정새벽도 야옹회로서 온라인 회의에 참여했다. 처음 보는 사람들과 그렇게 오랫동안 다양한 이야기를 나눈 것은 처음이었다. 의견을 모으고 정리하는 과정에서 정새벽은 그간 알지 못했던 새로운 재미와 기쁨을 느꼈다. 다양한 생각이 함께 모이는 과정은 상상이 현실이 되는 것, 신호가 모여 서로 연결이 되는 것과 같았다.

처음 계획에는 야옹회 멤버들만 있었다. 그러나 어느새 같은 방향으로 움직이는 이들이 그 주변을 채웠다. 정새벽이 지낸 그간의 일상에서는 겪지 못했던 일들이었다.

평소에는 드러나지 않고, 어쩌면 없던 것처럼 지나가는 일들에 관심을 두고 주의 깊게 살펴본다면 어느 순간

그 윤곽이 또렷하게 드러난다.

온라인에서 시작한 연대는 모든 것들을 야옹회의 예상 밖으로 만들었다. 일주일이라는 짧은 시간 만에 많은 것들이 바뀌었다. 정새벽은 하루가 다르게 변하는 상황이 놀라웠다. 다른 곳에서도 관련 기사가 쏟아졌다. 지난주만 하더라도 민원을 올릴 사람을 더 모아야 한다는 계획을 세웠지만, 기사가 나오고 사람들의 관심이 쏟아지자 더는 그럴 필요가 없어졌다.

정새벽은 연대한 사람들과 온라인 회의를 하며 새로 알게 된 것이 있었다. 온라인을 중심으로 퍼져 가는 목소리들로 하나의 방향을 만드는 일이 실제로는 어려울 수도 있다는 것이다. 이번 시현동 고양이 납치 사건을 예로 들면, 스마트 시티를 앞둔 시현동의 지역 특성이 공론화에 어떤 영향을 줬는지 짚어 보는 것이 필요했다.

야옹회부터 시작해서, 정새벽과 포스캣은 소리에 이어 유보라와 고예나를 만났고 새로운 야옹회가 되어 이제는 더 많은 단체와 연결되었다. 야옹회가 보내는 신호는 그렇게 다른 신호들과 연결되어 새로운 목소리가 되었다.

이런 변화의 신호는 시현동 구석구석에도 스며들었다.

스마트 시티 시범 구역인 만큼 시현동에서는 언제 어디에서나 고양이 불법 포획에 대한 기사를 볼 수 있었다. 또한 미당 공원을 중심으로 시현동 어디에서나 볼 수 있는 고양이들도 예전과 다르게 사람들의 관심을 더 받게 되었다.

그런데 정새벽의 예상과는 달리 가장 많은 사람들의 관심이 집중된 것은 스마트시현 앱 서비스의 입점 비리였다. 한번 지역 서비스에 입점하면 국가 지원을 받으며 운영할 수 있어 혜택이 크다고 했다. 국가 지원을 받은 업체는 공신력을 갖기 때문에 고품질의 서비스를 주민들에게 제공해야 하지만 입점 비리 목록에 오른 업체들은 그 의무를 다하지 않았다. 사람들은 업체의 서비스 품질보다는 업체가 입점을 통해 혜택을 받는, 말 그대로 차별로 인한 불공정 거래에 더 주목했다.

'스마트시현 앱 서비스에 선정된 업체들이 비리가 전혀 없었다면, 사람들은 서비스의 품질에 눈을 돌렸을까? 아니면 불법 포획된 고양이들에게 관심을 조금이라도 가졌을까?'

정새벽은 우선 질문을 기록했다. 다양한 질문은 다양

한 답을 가져오고 그 과정에서 많은 생각을 하게 만든다. 정새벽은 그런 과정들이 재미있었다. 특히 영상 채널이나 온라인 커뮤니티에는 온통 고양이 이야기뿐이라는 점이 인상 깊었다. 스마트시현 앱 게시판을 주로 사용하는 사람들과는 다른 관심사를 가지고 있기 때문일 것이다. 데이터를 통해 사람들의 특성을 파악하고 그들의 필요와 욕구를 알아내는 것. 그것이 바로 데이터 분석가, 그리고 데이터 과학자의 일이다.

정새벽은 이번 고양이 추적단을 계기로 포스캣처럼 데이터 과학자가 되겠다고 확실히 마음먹었다. 단서를 하나씩 찾아 연결해 가며 결국 사건을 해결하는 과정에 함께할 수 있어서 기뻤고 또한 무척이나 뿌듯했다.

"좋아, 좋아. 결정했어!"

"으이구. 좋긴 뭐가 좋아? 거북목 된다고 휴대폰 그렇게 기대서 보지 말랬잖아. 몇 번을 말하니?"

"으…… 알았어."

입을 비죽이며 몸을 일으키는 정새벽에게 정미나가 물었다.

"이따 저녁에 야옹회 모임 한다고? 어디서 하는데?"

"응. 우리끼리 축하할 일이 있거든. 미당 공원에서 만나기로 했어. 엄마는 저녁에 밥 혼자 먹겠네."

"아니야. 엄마도 저녁에 약속 있어."

"오늘은 작업 따로 없어?"

"급한 일이 몰려 있으니까 저녁에도 일한 거지, 이번 프로젝트는 아마 연장 없이 끝날 거야. 새로운 일 받은 건 다음 주 지나서 시작이니까 그동안은 나도 좀 쉬어야지."

프로젝트가 끝난다는 말에 귀가 쫑긋해진 정새벽이 물었다.

"스마트시현 앱 말하는 거지? 까다롭고 일 많아서 연장 요청 있었을 때 골치 아프다고 하지 않았어?"

"그랬지. 요새 기사 봐 봐, 난리잖아. 스마트시현 앱 자체도 전면적으로 검토 들어간다고 하더라. 정해진 일만 하는 건당 계약이긴 하지만 그래도 잘 마무리되면 좋았을 텐데, 그건 좀 아쉽네."

정새벽은 야옹회의 활약을 이야기하고 싶었지만 꾹 참았다. 언젠가 일이 모두 마무리되면 천천히 엄마에게 들려줄 생각이었다. 짐짓 모른 척하며 정새벽이 말했다.

"응. 나도 그거 기사 봤어. 경찰이 수사하고 있다며?"

"메타룩스라고 스마트시현 앱에 가상 현실 쇼핑몰 관리를 맡은 업체가 있어. 뇌파를 안정시켜 안전한 가상 현실 접속을 위한 기능을 추가했는데, 알고 보니 실제 고양이들이 내보내는 특정 주파수를 조합해서 만들었고, 가상 현실에 접속할 때마다 사용자들한테 노출시킨 모양이야. 어떻게 외부에서 자극을 줬는지는 조사 중이겠지만 그동안 고양이들을 납치했던 게 그 주파수를 조합하기 위해서라는데. 사소한 버그를 가지고 자꾸 업데이트를 시켜서 좀 이상하긴 했어."

"접속한 사람들은 괜찮은 거야?"

"주파수 범위로 어떤 부작용이 발생했다는 증거는 아직 없는데, 이건 더 조사해야지. 접속한 사람들의 경계나 주의가 흐려지는 결과가 있었다고 하니까 말이야. 쇼핑몰에 더 오래 머무르게 하고 구매를 높이게 하는 효과가 실제로 있었다나 봐. 쯧쯧, 참나."

"그게 가능한 거야?"

"우선 증거가 있으니까 이 업체부터 막은 거겠지. 너 혹시 가상 현실 접속하고 그랬던 건 아니지?"

"아니야!"

"맨날 아니라고 해 놓고 알고 보면 다 맞던데?"

"진짜 아니야, 접속기도 없잖아. 내가 보호자 승인도 없이 접속기를 어디서 구해?"

"아무튼 혹시 모르니까, 주변에 친구들이나 아는 사람들이나 당분간은 가상 현실 접속은 피하라고 해. 아휴, 소름 돋더라. 나도 모르는 사이에 내가 원하지도 않는 물건을 구매하거나 내가 사용한 정보들을 제공할 수도 있다는 소리잖아. 관련 내용은 아마 이용 약관 몇만 자 안에 들어가 있겠지만."

고개를 절레절레 흔들며 정미나는 시계를 확인했다.

"엄마는 이제 나가 봐야겠다. 포스캣 님이랑 고양이 탐정님이랑 같이 있는 거겠지만 그래도 너무 늦게까지 있진 말고."

정새벽은 엄마를 배웅하고 다시 소파 앞에 기대앉아 휴대폰에 '가상 현실'과 '개인 정보'를 함께 검색했다. 엄마가 말한 것처럼 개인 정보를 무단으로 수집하는 일은 가상 현실 서비스가 대중화되기 전부터 있어 왔지만 가상 현실 접속이 점점 더 정교해지고 실시간으로 감각이 동기화되는 기술까지 상용화되자 접속한 사람들의 정보 제공 범위는 더 늘어났다. 정새벽은 공원에서 야옹회를 만나면 가상 현실 접속기를 사용했는지 물어봐야겠다고 생각하며 나갈 채비를 시작했다.

우리는 야옹회

"일찍 오셨네요?"

정새벽이 미당 공원 벤치에 앉으며 말했다.

"와, 예상 밖이었어요. 기사 봤죠?"

포스캣이 정새벽 쪽으로 몸을 돌려 앉으며 답했다.

"맞아요. 사람들이 정말로 그렇게 민원을 넣을 줄이야. 동물 복지 분과에 항의해서 진상 조사하고, 고양이 납치 관련자들은 처벌받고. 그런 정도로 마무리해도 최고다 싶었는데, 갑자기 일이 커진 것 같아요. 어떻게 이렇게 된 걸까요?"

고개를 갸웃하며 묻는 정새벽에게 포스캣이 말했다.

"스마트시현 앱에 입점하려는 업체들이 많았잖아요. 특혜를 불공정과 부당한 쪽으로 생각하는 사람들에게 아마 불이 붙었을 거예요."

포스캣은 가방에서 패드를 꺼내 정새벽에게 보여 주며 말을 이었다.

"여기 그래프 보면 알겠지만, 시현동은 동물 학대에 대한 관심이 다른 곳에 비해 높은 편이긴 해요. 하지만 그게 다가 아니죠. 3일 동안 온라인 기사 제목을 모아 봤는데, 흥미로워요. 스마트시현 입점에 대한 조사가 이뤄진다는 기사 속에 몇몇 업체들이 입점 특혜를 받았다는 의혹이 나오고, 관련 기사가 쏟아지면서 스마트시티 관리과 게시글이 급속히 증가하기 시작했어요. 기사 제목이 바뀌면서 우리가 생각하지 못했던 사람들이 유입된 거죠. 고양이들에게는 생명의 위협이 될 수도 있는 납치 사건을 생각하면 동물 복지 분과 게시판의 반응이 뜨거울 것 같지만, 두 게시판을 비교하면 오히려 그쪽이 더 차분한 게 현실이에요. 에휴, 마음이 복잡해져요."

"포스캣 님, 너무 멋져요!"

포스캣의 설명에 고개를 끄덕이던 정새벽이 소리쳤다. 정새벽은 포스캣을 보며 빠르게 말했다.

"지나칠 수 있었던 부분에서 이렇게 연결점을 찾아내고, 정보를 나열하고 분류하면서 복잡하고 어려운 걸 쉽고 재미있게 알려 주시잖아요. 포스캣 님이 우리 정보처리 선생님이면 진짜 좋겠다. 그럼 머리가 지끈거릴 일은 없을 텐데."

입을 비죽였지만 정새벽의 표정은 밝았다. 잠시 뜸을 들이던 정새벽이 말을 이었다.

"포스캣 님 만나고 그동안 많은 일들이 있었잖아요. 내가 어떤 말을 해도 어리다고 넘기지 않고 잘 들어 주고 진지하게 대답하니까 저도 마음 편하게 의견 낼 수 있었어요. 처음에 우리 만났을 때, 저보고 극존칭 쓰지 말라고 그랬잖아요? 상대방이 저보다 나이 많다고 바로 말 놓으라고 하지 말라고요. 처음에는 몰랐는데 이제는 왜 그랬는지 알 것 같아요."

정새벽이 잠시 입에서 말을 머금었다가 내보냈다.

"그러니까, 어제도 생각해 본 건데 저는 포스캣 님처럼 데이터 다루는 일을 하고 싶어요. 너무 하고 싶은 것만 하려고 하는 걸까, 그런 고민도 있었지만 이제는 하고 싶은 걸 어떻게 더 잘 할 수 있을지에 대해 고민하려고요. 이게 다 포스캣 님 덕분이에요!"

포스캣이 잠시 어색한 미소를 지었다. 뭔가 할 말이 있는 것 같은 눈치였다. 잠시 침묵이 흐른 후에 포스캣이 천천히 입을 열었다.

"나이가 많으면 어린 사람과 대화를 하는 것만으로 특별한 사람이 돼요. 나이가 뭐라고 말이에요. 오히려 새벽 님한테 제가 이렇게 배우는 것이 많은데요. 새벽 님과 야옹회를 하는 게 정말 재밌고 기뻐요. 이것저것 시도하는 에너지와 호기심을 보면서 나에 대해 더 잘 알게 되었어요. 나도 전에는 호기심이 있었지, 하면서요. 나이를 핑계로 아는 것도 모른 척하던 습관을 알게 되었고요. 저야말로 새벽 님에게 고마워요."

포스캣의 눈이 조금 붉어진 것 같았다. 포스캣이 잠시 다른 곳으로 시선을 돌렸다가 다시 정새벽을 바라보았다. 그리고 환하게 웃으며 말했다.

"전에 유보라 님이랑 고 탐정님 처음 만날 때, 그때 새벽 님이 날 어떻게 소개했는지 기억해요?"

정새벽은 고개를 갸웃했다. 뭐라고 했는지 정확히 기억나지 않았다. 정새벽은 혹시 자기가 실수를 했나 싶어서 조심스레 되물었다.

"아……, 아니요. 제가 뭐라고 그랬죠?"

잔뜩 긴장한 정새벽의 표정을 보고는 포스캣이 웃으며 말했다.

"친구."

정새벽은 그제야 고예나와 유보라에게 포스캣을 친구라고 소개했던 것이 기억났다. 포스캣의 목소리로 '친구'라는 말을 듣자 보드랍고 따뜻한 기운이 온몸을 감싸는 것 같았다. 새삼스럽게 포스캣이 친구라는 것을 깨달은 정새벽의 얼굴에 미소가 번졌다. 우정은 또래하고만 주고받을 수 있는 것이 아니었다.

"새벽 님은 날 잡아 주는, 본받고 싶은……."

포스캣은 잠시 말을 멈췄다가 이었다.

"제 친구예요."

포스캣과 정새벽이 서로를 마주 보며 웃고 있을 때였다.

"야옹!"

익숙한 목소리에 뒤를 돌아본 정새벽의 눈에 유보라와 고예나, 그리고 소리의 모습이 들어왔다.

"냐옹!"

"소리야!"

정새벽이 소리치며 벌떡 일어섰다.

"소리도 같이 왔어요!"

유보라는 정새벽과 포스캣에게 인사하며 고양이 이동 가방을 손으로 가리켰다. 투명한 반구 안으로 고개를 돌리며 좌우를 살피는 소리가 보였다.

오랜만에 만난 야옹회는 반갑게 서로의 안부를 나눴다. 보통 새벽에 모이는 야옹회였지만 오늘은 특별히 저녁에 모였다. 미당 공원을 둘러보기 위해서였다. 고예나는 작은 카트를 끌고 있었다.

"오늘은 제가 미당 공원 고양이들 밥 당번입니다."

고예나는 익숙한 손길로 정해진 위치에 마련된 고양이들의 밥그릇과 물그릇을 살폈다. 마실 물을 갈아 주고 사료를 채웠다. 유보라는 '고양이 기록자'를 열어 정새벽과 포스캣에게 고양이 지킴이들에게만 배포 중인 고양이 식당 위치를 보여 줬다. 각 식당 위치를 기준으로 밥 먹으러 오는 고양이들의 정보도 함께 볼 수 있었다.

"여기 고양이 위에 약국 표시는 뭐죠?"

정새벽의 질문에 고예나가 답했다.

"아, 그건 감기 걸린 고양이 표시예요."

고예나의 설명에 따르면, 감기는 주로 청소년에서 성년으로 넘어가는 고양이들에 잘 찾아온다고 했다. 약을 따로 써야 하는데, 매번 동물병원에 데려가거나 포획해서 약을 먹이기가 어렵다고 했다.

"그래서 우리는 우선 감기 걸린 고양이들 영상을 찍어요. 기침 소리와 눈곱의 색을 통해 감기 유형을 알 수 있거든요. 수의사 선생님한테 보여 드리고 약을 처방받는 거예요. 그리고 그 약을 고양이 사료에 섞거나 아니면 간식에 섞어서 감기가 나을 때까지 주는 거죠. 고양이들은 작은 질환에도 매우 예민한 동물이에요. 면역력이 좋거나 건강하면 약을 안 먹어도 회복하지만, 겨울을 보내야 한다거나 여러 가지 변수가 생기면 감기를 이겨내지 못하고 고양이 별로 가기도 해요. 사실 감기 때문이 아니더라도 길에서 지내는 고양이들은 2년 이상 살기 어려워요. 그만큼 생존율이 정말 낮거든요."

정새벽은 사람들이 아픈 고양이를 보살펴 주는 일까지 하고 있다는 것은 처음 알게 되었다. 나중에 고양이 울음소리나 기침 소리를 듣게 된다면 지나치지 않고 고양이에게 도움이 되리라 생각하며 정새벽은 메모 앱에 고예나의 말을 빠르게 받아 적었다.

공원을 반 바퀴 정도 돌았을 무렵, 유보라가 정새벽과 포스캣을 향해 말했다.

"까미랑 홍이, 둘리 만나 볼래요? 까미! 홍이!"

유보라가 외쳤다.

"둘리!"

유보라의 뒤를 이어 고예나도 외쳤다. 공원을 지나는 몇몇 사람을 빼고는 아무런 기척이 없었다. 정새벽이 공원 주변을 돌아보던 그때 잔디 흔들리는 소리가 들리더니 고양이들이 나타났다. 목에 나비넥타이를 맨 것처럼 검은 무늬를 가진 까미, 노란색 털과 무늬를 가져 '치즈냥'으로 불리는 홍이. 그리고 마지막으로 가장 어리지만 덩치는 제일 큰 삼색 고양이 둘리. 이들은 미당 공원의 토박이로, 공원에 오는 시현동 주민들의 애정 어린 카메라 세례를 받는 아이들이었다. 밥 주는 사람의 목소리를 기억하고 있다는 고예나의 말에 정새벽은 고양이들이 안심할 수 있는 신호를 생각했다.

까미와 홍이, 둘리는 고예나가 주는 사료와 간식을 먹었다. 그리고 가르릉거리면서 한참 동안 드러눕거나 뒹굴었다. 편안하게 놀던 고양이들이 곧 각자의 자리로 돌아갔다. 어둠 속으로 사라지는 고양이들을 보며 정새벽이 고예나에게 물었다.

"고양이들 건강은 괜찮은 거예요?"

"정밀 검사를 했는데 특별한 이상이 발견되지는 않았어요."

"다행이에요."

고예나에게 답하던 정새벽의 휴대폰에 경쾌한 알람 소리가 울렸다. 서둘러 휴대폰을 확인하고는 정새벽이 외쳤다.

"메타룩스 기사 떴어요!"

네 사람은 각자의 휴대폰을 꺼내 정새벽이 전송한 기사 링크에 접속했다.

메타룩스는 큐어힐과 협약을 맺은 상태에서 인력 파견 형태의 고용으로 시현동과 인근 지역에서 길고양이를 포획했다고 시인했다. 이는 큐어힐에 파견 연구직으로 임시 고용된 A씨(연구원)와 포획 업무를 맡았던 B씨(대학생)의 증언으로 밝혀졌다.

이들의 증언에 따르면 메타룩스는 체내 주입 인식 칩으로 등록된 시현동 길고양이들의 동선을 미리 파악하여 주로 새벽 시간에 길고양이들을 포획했으며, 포획한 길고양이들에게 안정제를 투입하고 외부에서 특정한 전기 신호로 자극을 줬다고 했다. 이는 길고양이가 내보내는 '퍼링(purring, 국내에는 공식 용어가 없어 '골골송'으로 불린다)' 소리를 수집하기 위해서이다. 이와 관련하여 메타룩스는 길고양이에게 물리적인 폭력이나 위협, 또는 고통을 가한 사실은 전혀 없으며 그저 고양이가 기분 좋은 소리를 낼 때 그 주파수를 데이터로 입력했을 뿐이라고 강조했다. 길고양이 포획을 관리했던 메타룩스 관계자는 고양이들이 연구실에 머무는 동안 따뜻한 잠자리와 먹을 것, 그리고 깨끗한 물을 줬기 때문에 오히려 길고양이들에게 편의를 제공했다는 입장이다.

메타룩스 측은 길고양이의 특정 주파수가 가상 현실 접속 사용자들의 서비스 이용과 관련이 있다는 것은 시인하면서도 사용자들에게 어떤 영향을 끼쳤는지에 대해서는 내부 기밀이라며 함구하고 있다.

"와, 아까 엄마한테 들었던 말인데 기사로 나왔네요. 가상 현실 쇼핑몰에 접속한 사람들의 경계가 풀어지면서 자기도 모르게 좀 더 쇼핑몰에 오래 머문다거나 물건을 구매하게 만들 수도 있다는 것 같더라고요. 참, 여기 가상 현실 접속했던 사람 있어요?"

정새벽의 질문에 다들 고개를 저었다. 포스캣이 뭔가 생각난 것처럼 입을 열었다.

"이렇게 수익 때문에 누군가의 일상을 담보로 이용하는 업체는 처벌을 좀 제대로 받았으면 좋겠어요. 가상 현실은 새로운 시장이라 법적 처벌 근거가 없거나 약해서 법망을 피해 갈 수도 있다고 생각하니 한숨이 나와요."

포스캣의 말에 고개를 끄덕이던 유보라가 말했다.

"근데 이상하지 않아요?"

유보라의 질문에 야옹회 모두 고개를 갸웃했다. 유보라가 기사의 한 부분을 가리키며 말했다.

"고양이 앞에다 '길'을 붙이는 거 말이에요. 집 안에 사는 동물과 밖에서 사는 동물을 꼭 구분 지어야만 하는 것처럼."

유보라의 말을 다 듣고 포스캣이 말을 이었다.

"그러네요. 심지어 예전에는 도둑고양이라고 불렀다고 들었어요."

"동네 고양이라고 부르자는 운동도 있잖아요. 아직 입에 붙지는 않았지만 노력해야겠어요. 같은 동네에 살고 있으니까 동네 고양이가 맞죠. 그리고 생각해 보면 동네 고양이 앞에는 원래 '우리'가 붙어 있지만 묵음이었던 거예요."

정새벽의 말에 야옹회 모두가 웃었다. 우리 동네에 살고 있으니 우리 동네 고양이라 부르는 것은 너무 당연했다. 유보라가 자못 심각한 표정을 지으며 입을 열었다.

"다른 동네 고양이 지킴이 사람들은 미당 공원 고양이들이 다른 구역 고양이들보다 사람을 좋아하고 아무데서나 발라당 누워 버리고, 공원 잔디든 산책길이든 한복판에서 낮잠을 잔다면서 신기하다고 하거든요. 시현동 고양이들이 특별히 그런 성격이라고 말이에요. 그런데 내가 생각하기에는 절대 아니에요."

"그럼요?"

포스캣의 질문에 유보라가 답했다.

"귀엽다고 무작정 만지려고 하고 가까이 다가가는 건 사람의 기분 중심이잖아요. 같은 공간에 다른 방식으로 존재한다는 걸 인정하고 고양이를 존중하는 생각이 모이는 것만으로도 어디에 살든 고양이의 삶은 편안하고 안전해질 수 있어요. 그렇게 자신의 삶을 그저 살고 있을 뿐인 고양이들에게 미당 공원은 별일 없이 일상이 흘러가는 공간인 거예요."

유보라의 말에 야옹회 모두가 고개를 끄덕였다. 저녁에도 산책을 하거나 가볍게 조깅을 하는 사람들이 꾸준히 오고 가는 미당 공원이었다. 정새벽은 공원과 근처 공터 어딘가에서 지내고 있을 동네 고양이들을 생각하며 미당 공원을 둘러보았다.

미당 공원에서의 야옹회 모임을 마치고 집에 돌아왔지만 정새벽은 쉽게 잠을 이룰 수 없었다. 뒤척거리며 잠을 설치던 정새벽은 결국 패드를 열어 야옹회의 다음 프로젝트에 대한 아이디어를 여기저기 끄적였다. 까미, 홍이, 둘리 그리고 시현동에 살고 있는 다른 동네 고양이들을 떠올리며 정새벽은 머릿속에 마구 솟아나던 생각들이 '편안하고 안전한 일상' 이라는 말에 멈췄다는 것을 알았다.

'동네 고양이들에게 편안하고 안전한 일상이란 뭘까?'

평온, 안온, 안전, 안정, 편안 같은 여러 단어가 머릿속을 스쳐 갔다. 발음도 다르고 정확한 용례도 다르겠지만 이런 말들이 고양이들에게는 그저 하나의 의미일 것이다. 고양이는 자신을 부르는 목소리를 기억하고 언제든 달려온다. 그 목소리를 들을 때 동네 고양이들은 무엇을 만나는 걸까?

정새벽은 '안심' 이 가장 어울리는 말이라고 생각했다. 동네 사람들이 서로를 배려하기 위해 하는 소소하지만 중요한 노력. 이는 한순간에 갑자기 생겨나는 것이 아니다. 평소에 잘 보이지 않고 드러나지 않더라도 분명 존재한다.

정새벽은 야옹회 게시판에 들어가 기쁜 마음으로 글을 써 내려갔다.

새벽 야옹회

시현동 고양이 납치 사건 추적단으로 멋진 활약을 보여 준 우리 야옹회의 다음 프로젝트는? 바로바로

짜잔!

우리 동네 고양이 안심 신호 프로젝트!

새로운 멤버로 들어온 Bora.U 님, 고고탐정 님과 함께 다양한 우리 동네 고양이들의 안심 신호를 수집하고 공유하는 거예요.

야옹회는 언제나처럼 토요일 새벽에 만납니다!

게시판에 글을 업로드하고 정새벽은 다시 자리에 누웠다. 곧 밀린 하품이 몰려왔다. 고양이들의 '안심' 신호는 어떤 패턴을 보여 줄지 이런저런 상상을 하다 정새벽은 어느새 잠이 들었다.

해가 뜨고 있었다. 눈을 감았다 뜨면 단번에 어둠이 걷히는 마법 같은 일은 일어나지 않는다. 밤을 지나온 새벽과 아침은 서로 떨어져 있지만 이들이 각자의 시간을 나눌 때 비로소 마법은 일어난다. 짙고 어두운 파랑

의 새벽이 붉고 노랗게 밝은 아침의 빛을 경계로 서서히 번져 가며 보라 새벽이 될 때 비로소 둘 사이에 다리가 연결된다. 새벽이 다양한 색으로 물들며 모두를 이을 때, 어느 자리에 있더라도 그 누구든 다리가 선사하는 마법을 만난다. 서로의 온기로 맞닿은 모든 것들은 빛의 다리를 건너는 새벽에게 인사를 고하고 아침을 만난다.

시현동에 무수히 많은 새벽을 지나온 아침이 내렸다.

작가의 말

온라인과 오프라인이 연결된 세상을 메타버스라고 합니다. 가상 현실과 현실이 더해져 만들어지는 새로운 세상이지만 우리에게 메타버스는 소설, 영화, 게임을 통해 이미 익숙합니다. 『보라 새벽의 소리』에는 메타버스로 이뤄진 동네, 스마트 시티가 등장합니다. 한동네에 살고 있는 사람과 고양이가 서로가 보낸 신호를 통해 만나 함께하는 이야기를 담았습니다.

이미 알고 있는 익숙한 것들이 다르게 보이고, 그렇게 내 세계도 이전과 달라지는 순간을 우리는 변화라고 부릅니다. 신호와 연결을 사랑하는 소녀 정새벽은 동네 고양이 열혈 지킴이 유보라, 고양이 탐정 고예나, 서로의 생각을 존중하고 공통의 관심사를 진지하게 실험하는 동료이자 친구인 데이터 과학자 포스캣과 함께 온라인과 오프라인을 오가며 서로가 보내는 신호로써 이어지고 변화를 만납니다. 그렇게 정새벽이 알고 있는 파란색의 새벽은 아침을 만나 보라색으로 물들어 갑니다.

우리 동네 구성원으로서 내가 만난 변화는 어떤 모습일지, 이 변화는 내가 아닌 다른 존재에게는 어떤 의미일지를 생각해 보며 가볍게 동네 산책을 나서면 어떨까요? 어쩌면 전에는 보이지 않았던 존재가 말을 걸고 손을 내밀 수도 있습니다. 누가 먼저 시작했는지는 몰라도, 그건 아마 서로가 보냈던 신호가 만나 연결되는 순간일지도 모릅니다. 동네 고양이들, 그들의 급식소와 쉼터를 관리하는 사람들, 그리고 우리는 모두 한동네에 살고 있는 동네 구성원입니다. 마음속으로라도 그들에게 안녕의 인사를 건네 보면 좋겠습니다.

고양이라는 동물은 알았지만 길에 사는 그들의 삶은 알지 못했던 지난날의 저에게 먼저 말을 걸어 준 고양이로부터 『보라 새벽의 소리』는 시작되었습니다. 같은 골목 다른 집에 사는 누군가에게는 '야옹이' 나 '나비', 혹은 제가 알지 못하는 여러 이름으로 불렸던, 하지만 저에게는 '딸기' 였던 어느 고양이와의 만남을 간직하며, 『보라 새벽의 소리』가 여러분께 보내는 신호로 닿길 바랍니다.

뽀시래기에서 골목대장까지의 딸기를 기억하며

2023년 이루카

보라 새벽의 소리

초판 인쇄 2023년 6월 19일 **초판 발행** 2023년 6월 19일
지은이 이루카
펴낸이 남영하 **편집** 전예슬 김주연 김가원 **디자인** 박규리 **마케팅** 김영호 변수현
펴낸곳 ㈜씨드북 **주소** 03149 서울시 종로구 인사동7길 33 남도빌딩 3F **전화** 02) 739-1666 **팩스** 0303) 0947-4884
홈페이지 www.seedbook.co.kr **전자우편** seedbook009@naver.com **인스타그램** instagram.com/seedbook_publisher
ISBN 979-11-6051-548-0 (43810)